小说家的散文
豫籍作家系列

南丁 著

# 和云的
# 亲密接触

河南文艺出版社

·郑州·

**作者简介**

    南丁（1931—2016），作家，祖籍安徽安庆。曾任河南省文联主席。出版小说集《检验工叶英》《在海上》《被告》《南丁小说选》，散文随笔集《水印》《半凋零》《序跋集》，以及《南丁文选》（2卷）、《南丁文集》（5卷）。

# 目录

**辑一 山水**

———— 3 ————
绿意

———— 7 ————
爬山野趣

———— 13 ————
华山的诱惑

———— 21 ————
孙二娘的脚印

———— 24 ————
迷恋云台

27

古栎化石

31

和云的亲密接触

34

读不懂济水

40

与黄河有缘

辑二　大地

47

老区新县

52

重访兰考

57

感受西峡

62

家在山水间

65

微风吹动了我的头发


**辑三　人间**


73

糊涂涂·常有理·惹不起

77

三圣庙

82

诗与民谣

87

井上靖家的树

92

有瓦的日子

# 辑四　人物

103

自然之子徐玉诺

112

长不大的苏金伞

117

楼下老杨

124

家常与传奇

130

弓未藏

138

张宇找自己

149

写意王澄

## 辑五 杂拌

165

晕眩

169

对花甲的误读

173

陈年旧事

178

人往高处走

182

羊年流水

186

糊涂

190

伤心足球

球痴呓语

辑一　山水

# 绿意

在黄石庵林场招待所写下"绿意"这两个字，是因为我正望着窗外那望不尽的绿；是因为阳光正透过窗户照射着我，这阳光很像初春时的阳光那般温暖，此时我很需要这种温暖，要不就感到凉爽得好像是仲秋了。正值酷暑，且不说郑州和南阳，前几天西峡牛县长们陆续来看望我们时说县城里三十八摄氏度，彻夜吹着电扇睡不着觉。这里呢，床上放着四公斤重的红缎面新被子，夜里先是盖着肚子，然后，那从窗外不断运行来的缕缕凉气啮咬着你的腿，就迫使你整个地钻进了被窝。

我们一行五人，驱车四百余公里，来到黄石庵这片仙境，原来说一面消夏一面写点小说什么的倒挺不错。

这里是未经开发的自然风景区,没有如织的游人,安静得很,又给我们每人安排了单间,还有台灯。西峡的三位文友也一起来,文人相聚,聊天串门,海阔天空,忧国忧"文"。还有那个正在热闹着的巴塞罗那奥运会,就时时注意从广播和电视里接收那里的信息,每天计算着中国队得了多少金银铜牌,加上主人们一天一酒的盛情,卧龙玉液常使人亢奋得难以面对台灯下的稿纸。于是就只剩下了消夏。

我多次来过这个林场。我知道这个林场始建于1956年,我知道二十六年来它奉献出四十六万立方木材。这次到林场的那天晚上,正赶上给场长送行。这位牛玉兴场长,1960年由哈尔滨林学院分配来黄石庵林场时二十二岁,在这度过三十二个冬夏春秋之后,如今他奉命赴南阳地区林业局任总工程师。席间,听他说起来林场后的趣闻,看着他的花白头发,心想那里面定存着许多诗。

驱车登伏牛山主峰老界岭,西峡与栾川两县交界的地方,西峡竖了个偌大的交界标志,上面书写着:安全离开西峡,留下绿色回忆。穿过这个标志就到了栾川境地。老界岭的海拔是多少呢？反正我们被云雾裹挟缠绕着了，所谓的腾云驾雾，于是就成了雾里云端的仙人。乘兴在这里照相留影，留下什么呢？留下绿色回忆。返程时在著名的桦树盘道班逗留，在著名的劳动模范符新成的居室里喝茶，进入这间简陋朴素的居室，使我们感觉如同钻进了冰箱里的冷藏室。五十五岁的符新成身材不高，眼睛明亮，面色黑红，是高山上的太阳赐给他的颜色。修路护路，这就是他三十五年的生涯。握着他那粗糙的手，如同握着桦树盘的石头，心想这里面会有许多故事吧。

　　在桦树盘登车时，符新成指着往西北去的那条路说是通往上口的，那里有太平镇乡的好几个村子。太平镇乡年轻的书记和乡长告诉过我们，说上口那几个村子与军马河乡的长潭河相衔通，非常漂亮。我就想起长潭河，二十多年前我曾去过那里，在我一生中只见过一次如此清澈碧透深邃幽静使人震惊的河流，那就是长潭河。

　　立秋已过。该回去了吧，该回到那喧嚣的城市去了吧。看过牛玉兴的那花白头发，握过符新成那粗糙的

5

手,想起那遥远又亲近的长潭河使人震惊的清澈碧透深邃幽静,再望这层峦叠嶂的大山,就感到那绿意更加悠远绵长。不用那分界标志提醒,也会留下绿色回忆。

1992 年 8 月 10 日

# 爬山野趣

文章标题原来想用"登山",想到登山运动员那种英勇悲壮,就不敢用。就用"爬山"。爬山,听起来、看起来都不怎么样。不怎么样就不怎么样吧。

我在青年时和中年时,天赐我以良机,曾经有两次在山里待了些时日,一次在大别山,一次在伏牛山,各三年有余,加起来就是七年吧。在山里劳作,肩挑背驮,山民做的,我都要做,就做出了一副好身板,做出了一把好力气,就想孟夫子说的"劳其筋骨",真有道理。由此,还真对山对层峦叠嶂对负重登攀(一不小心又用了"登攀"二字)有了一种说不清道不明的爱恋之情,以为,不是平原,而是山,只是山才可状写人生的崎岖曲折立体多样。

后来回到城市，城市的马路虽然熙攘，却是平展的，或在人行道上走路，或在慢车道上骑车，或在快车道上坐车，笔直平展地前行就是，就用不上登攀（借用）这个词语。

80年代中期某年秋季有一次在皖南的聚会，当然要去看黄山。从前山上去，第一夜宿翠屏楼，第三夜宿北海，第三天才从后山下得山来，全是步行，着实过了爬山的瘾。说是爬山，并不是说手脚并用，靠的还是腿脚功夫一级级踏完那无尽的台阶。我在那无尽的台阶上驻足后望，同行的同龄人没了踪影。我当时就在心中暗自感谢山居生活给我的腿脚带来的轻捷灵便，虽然那山居生活已过去了十多年，虽然那年我老汉已五十有二。黄山三日，当然刻记下云雾、松树和朝阳在云雾中喷薄而出的印象。

黄山归来不看岳。也还是去了五台山、太行山、武当山。去五台山，是在太原参加首届黄河笔会，主人安排去看五台山，汽车可直抵那寺庙群，就在那寺庙之间转悠。去太行山是《莽原》在安阳举办笔会，请了些北京客人,就到林州去看红旗渠的青年洞,车也可开至近边。去武当山是 90 年代开头的那个春天,我率一干人马去南阳调查研究,其间有人鼓动去看武当,因时间紧未及登金顶,因此就全然没有了爬山的感觉。

从岗位上退下来那年六十岁,正好在河南省最西部的那个县有个笔会的邀请发来,直驰到会议地报到后未停就继续西行,西行何处?华山!初夏的晚上,九时开始爬山,有很皎洁的月亮,就看到在皎洁月光照耀下的刀削般的华山峭壁,银色的峭壁。过了回心石,上千尺幢时,才真正体味到爬山的滋味,这时确是要手脚并用了,上身前倾尽量与那陡坡紧贴着保持最近的距离,双手要拉着两边的铁链帮着用力,这才能爬上千尺幢。过了千尺幢不久,遇雨,抵北峰时已是次日凌晨二时。一早起来抢着和日出合影,然后继续爬山,天梯都过去了,到五龙岭下,感到体力不支,只好不无嫉妒地看着同行的三个伙伴往五龙岭上攀缘而去。我就从这里撤退,沿着华山一条路回到山脚下的一个茶棚里等着。我想,大约是夜间未休息好,体能未得恢复吧——总得给自己找一点借口不是。

华山之后，爬山的机会就多起来，云台山、嵖岈山、五龙口、九里沟、梁山(梁山去过两次，总找不到山的感觉)、石人山、鸡角尖、窦圌山等。这大约是因为离岗了，没事了，用不着开那么多的会了，从文山会海中解放出来了，就能够去爬大自然中的山了。云台山、五龙口、九里沟，我都有文字记述过我的印象。嵖岈山玲珑剔透像个大盆景，别有一番风情。梁山就不多说了。前年重阳节爬石人山，至山顶，海拔两千一百多米处，立有石碑，还在那石碑前照了相;两千一百多米的高处，八面来风，那天的风也是挺大的，把头发刮得都蓬乱着。去年初夏，与青年诗人们一起爬栾川县林场境内的鸡角尖，一起出发的，中途就逐渐拉开距离，大队人马在前面，另队人马在后面。我就据我的体力，一个人在爬，单兵作战，走走停停，爬爬歇歇，有从后面或从对面擦肩而过的好心人劝我说，山都差不多，不必爬到山顶的。我笑笑，表示感谢，依旧爬我的山。遇到原在我前面此时中途休息的青年诗人们，说不必爬到山顶的，就在这里歇着说说话吧。我笑笑，表示理解，依旧爬我的山。快到山顶时，我能够听到我的肺像风箱拉动时的那种声响，我张

10

着嘴,喘息着,然后继续爬我的山,终于到达了说是海拔两千二百多米的山顶,终于到达了说是中原第一峰的鸡角尖的山尖上。从这里往南远望,竟可以穿越伏牛山的主峰老界岭望到西峡县的太平镇,我就相信了中原第一峰这种说法,站在鸡角尖上,还真就有了一览众山小的感觉。下山时,腿脚轻便,没有感到一点酸痛,这是与以往下山时完全不同的感觉,莫非我又进步了? 晚饭时,主人说,迄今为止,我是登(他用的是"登")上中原第一峰的人中最年长者。我为他这句话喝了杯酒,我继续狂下去,大声招呼诗会的组织者说,今晚要办舞会噢,跳起来!

去年秋天,中国作家协会组织了一个十人采访团,在四川活动了十来天。大约看我年长,便给我封了个团长。那天去江油看李白故居和纪念馆,就也顺便上了窦圊山。佛教圣地,寺庙挺气势,万丈悬崖间有铁索连接着,可以看走铁索的表演,我们谢绝了,作家们还都有些人道精神的。那天的小雨时下时停,山路较滑,往山顶爬时,就总有年轻人搀扶着我,被搀扶得我好难受,也不便拂了人家的好意。后来这位中国作协的同志还来信说，在窦圌山我还可以搀扶着你，如今离得远，你自己可得当心哪。我哭笑不得，回信时就回避了这档子事。

说起野趣，就索性说开去。新千年到来，1月10日那天傍晚郑州开始落雪，三年来都没有留下过雪的印象，这场大雪真是久违了。11日，雪仍在落，当晚就与一年轻人相约一起去踏雪，去踏新千年的第一场雪，沿着金水大道，沿着金水河畔，从九时到十一时，看着那天地一色的白茫茫世界，听着那吱吱响的踏雪的声响，仰起头任那飞舞的雪花冰凉着湿润着脸庞。与爬山相通的，就是融入自然的那种感觉。如果你说这是寻找一种什么诗意，我也不反对。

2000年1月16日夜

# 华山的诱惑

　　到华山脚下时已近黄昏，整个地就被人流声浪包围着了。那人流从全国各地拥来，红男绿女各色装束。正是夏日，正好展示各自的形体美，露胳膊露腿的，多是登山的打扮，说出话来南腔北调，仿佛整个中国人都会聚到华山脚下了。华山脚下，卖羊肉烩馍的牛肉拉面的瓜果的饮料的冰糕冰棍冰激凌的纪念品的华山导游图的，出租登山鞋手电雨伞的，拉客住店的人，比赛着叫卖，那叫卖声统是那个电视小品里卖大米的味儿，真逗。

　　我们的黑色伏尔加已在收费停车场里停好，我们也露胳膊露腿的短裤短衫，三十六岁的编辑和五十岁的司机还各买了双登山鞋，五十八岁的副编审和六十岁的我各拄了根手杖，也都有登山的样子了。我们在人流声浪中蹭来蹭去，大体浏览了那繁荣喧闹，就去一家小饭店吃饱喝足，然后又一一采购了馒头鸡蛋咸菜矿泉水彩色胶卷，还租了手电。这些个辎重加上相机，统由他们三位中青年负担。我算是长者，诸位照顾我，只让我负担手杖。明媚的月亮照耀着了，店家摊贩的灯光点亮了，看看表已近九时，我们开始登山。据说登华山的一般惯例是夜晚上山白日下山。我们遵照这一般惯例。暑热略有减退，就精神爽快，又吃饱喝足，就腿脚轻便。

我们好像是这晚率先登山的，前面没看到人嘛。我们并排走着，这山路好宽展哟，坡度缓缓向上升去。据副编审说，这条路与二十多年前有很大变化，显然是重新修过的，那时可难走呢。他给我们诉说讲解着二十多年前他初登华山时的情景，导游是无须的，自古华山一条路嘛，一路走去就是。我们四个人还大都有登山的经验，就拿我来说吧，太行、黄山、五台、武当都去过，还有在大别山、伏牛山锻炼七年的经历，平生爱与山打交道，以为那才是立体人生的象征。司机年轻时当过兵，体壮如牛，雄赳赳气昂昂。副编审不用说了，人家是我们中的"老华山"。那位编辑据说也去过泰山武当五台,可看她那可怜见的不足百斤的苗条样,林妹妹似的弱不禁风,就对她总有点怀疑,都说此次登华山她肯定是个落伍者是个包袱是个抢救对象。轻视妇女,这就是男人们的坏毛病。那女士平日里是杨排风般的快人快语,这会儿却并不争辩只含笑不语。

我们就这样大声说笑着,那月亮的清辉泼洒我们,那习习的夜风吹拂我们,山路边的溪水大声喧哗着像是在与我们对话,大山都在回响着我们的声音,真是惬意极了——只有在大自然中才有此等惬意吧。

身后有人声,成群的人赶了上来。最先赶上来的是说着地道北京话的一群妇女,听那说话看那装束是群职业妇女,还带着男孩女孩,问起来还真是专程从北京赶来,趁着周末带着孩子来登华山的。

一路走去,山路由缓渐陡,峰回路转,就有陡坡要爬。陡坡常有石级,一级级往上攀登,路也就是石级那样宽窄,然后就又是一段缓坡。如此反复,我们走着,看到一段偌大的刀削斧砍般的峭壁,月光正照射着这峭壁,将它染成银白的颜色。我们驻足凝望,屏息瞠目无以言说。面对这雄伟壮观的大自然的造化,语言真是苍白无力,面对这绵延数里直插天宇的银色峭壁,能说些什么呢?什么也说不出来。我们继续赶路,还不时回头凝望,又转了一座山峰,看不见那峭壁了,那峭壁的影像留在了心底。前面有灯火有声响,走近了,是条山中小街,街的两旁十数家小店,饮料瓜果大碗茶,收音机在播音乐,电视机在放映图像,好像是体育新闻。来碗大碗茶,咕嘟咕嘟补充一下水分。这种山中小街,登一段山就会遇到一处,那灯火给华山寂静的夜晚添了些许暖意。

攀到回心石已是夜半。这么多的人啊,都是从哪里冒出来的?据说回心石已是登华山的一半路程,人们要在这里歇脚,在这里攀谈交流。人在大自然中很容易亲近,我坐在一块石头上,与几个大学生模样的青年男女攀谈起来。也有人大声欢呼:到了回心石喽——! 到了回心石喽——! 我也跟着喊了几嗓子。月亮是被挡在了山的那边呢,还是已经落下去了呢?这会儿是夜色苍茫,手电的光束交叉着,听到有人对话,是南方口音,从对话里得知有位老者七十五岁了,他正在两位年轻人的护卫下由回心石继续往上攀登。我们那位弱不禁风的苗条女士，正在回心石上面的山崖上大声呼唤着我们继续赶路。

过了回心石不久，就该爬千尺幢了，在电影《智取华山》里早就看到过的，如今要真实体验了，滑梯样的陡峭，好在有石级，两边有铁链，手拉铁链可以帮着用劲。爬到千尺幢上，有一片场地，爬上来的人们都簇拥在这片场地上，一边歇息一边回望千尺幢的险要。我们也在这里歇息回望。女士发表评论说，智取华山不真实，从千尺幢攻上来根本不可能。童言无忌。我们没有时间就此问题深入探讨，紧接着还要爬百丈崖呢，坡度可与千尺幢媲美，好在是双行道。过了百丈崖不久，突然狂风大作暴雨袭来，正赶上一段山中小街，却是半边街，店铺也少，店铺里、店铺外的棚子下面挤满了躲雨的人。雨稍小就又赶路，到北峰已是凌晨二时，雨还在下，短裤短衫的我们感到冷得发颤，只好在北峰宾馆找个铺位睡一觉。这时仍有稀稀拉拉的游人冒雨往西峰奔去，只能自叹不如了。

有人喧闹，日出日出！我们也赶快爬起来冲出去看北峰日出。先是红霞半天，后是小半轮、半轮、大半轮、一轮红日冉冉升起在群山之上，壮哉壮哉，咔嚓咔嚓，人们在抢着与日出合影，我们也各拍了张照片。红日在我们身后送我们往西峰攀登，天梯，攀登上在峭壁上凿出的天梯，蜿蜒曲折地来到五龙岭下，我感到疲累，感到体力不支，向副编审和司机说，你们上吧，我要慢慢地往回走了，而那位编辑已高高地在半山腰上继续往五龙岭攀登了，这时，对她的矫健就又羡慕又嫉恨。

我独自下山，好在华山一条路，原路往回走就是了。下山路上碰到许多上山的人群，看来并不都是夜晚上山的。碰见一位白发苍苍的老妇人，提着篮子，篮子里有香火。碰到了几个年轻人，他们向我问候，老同志下山哪！昨夜上去的吧？说着就向我竖起大拇指，我就感到很骄傲，虚荣心作祟，没向人家坦白交代我只上到了五龙岭下。遇见了一位年轻俊秀的父亲手拉着一个漂亮的五六岁模样的儿子，那父亲让儿子问老爷爷好，那小男孩奶声奶气地说"爷爷好"。我听到那父亲在用南方口音鼓励他的儿子以我这老爷爷为榜样。还碰到背山者，背负着成百斤重的食品等物往上攀登，我由衷地向他们致敬。也有下山的，我与一对五十岁左右的夫妇同行了好长一段路，丈夫搀扶着妻子，妻子一拐一拐地趔趄，走百十米就不得不歇息一会儿。我也走走歇歇，到山下的一个茶棚里已是下午二时，要了杯茶，躺在茶棚下的竹椅上等着我的三个伙伴。我很想知晓那位七十五岁的老人攀登到何处，我无从知晓。我躺在竹椅上，伸直了灌了铅似的双腿，感到了别一种惬意。我的三个伙伴在大约四时起才相继出现，先是活猴样的编辑，过了半小时是疲累相的副编审，又过半小时才是那位体壮如牛的司机。这会儿他不雄赳赳气昂昂了，腿都不会打弯了，一副伤兵相。此次登华山的冠军竟是那位女士！事实如此，用不着评选。男人们都无话了。而且，据说，后来这两个男人在登西峰、中峰、东峰时，竟把所有辎重都转移给了这位女士，也真够残忍的了，也真够无奈的了。由此可不可以得出结论呢，体壮如牛不如身轻如燕。

华山的诱惑。华山啊，从五六岁的儿童到七十五岁的老人都来朝拜你，你的魅力在哪里？人的本质是要向上的是要攀登的是要升腾的，这就是华山诱惑的谜底吧,这就是华山魅力的所在吧,这也是人类文明之所以不断发展进步的一个缘由吗?

后来,与北峰日出合影的照片洗了出来,人像黑不溜秋,分不清鼻子和眼,大家都不满意。我倒以为挺好,铜雕似的,与华山的风格倒和谐一致。


1993 年春追记 1991 年夏华山之行

# 孙二娘的脚印

1997 年秋高气爽的时节，我们由郑州出发去山东菏泽看戏。在菏泽逗留期间，热情的主人还将我们拉到梁山去游览。上梁山前，先在郓城一家专卖羊头的酒馆啃羊头喝烧酒。酒足饭饱面红耳赤再起程，先造造上梁山的气氛。入梁山县境第一眼就看到叫作拳铺的镇子。拳铺，气氛就更足了。

水泊梁山，只是凿在石壁上的四个大字。据说早已没了水，没有水的梁山就少了许多韵味，输了一些风采。顺宋江马道攀登至聚义厅（忠义堂），并未费多少时间，也不觉得累。梁山不大，路也不险。

由聚义厅返回时的半道才发现孙二娘的脚印。用铁索拦着,一块写着"孙二娘的脚印"字样的木牌挂在铁索上。好大的脚印!估摸比当代中国篮坛两大巨人穆铁柱、郑海霞的大脚还要大出许多。孙二娘的大脚将那块石头踩进约两厘米的深度。这位卖人肉包子的水浒女英雄的脚功真是了得。

我伫立在孙二娘的脚印前良久,凝视那脚印良久。伫立在那脚印前发愣,凝视那脚印的神情必定是傻头傻脑的可笑。我那傻头傻脑里当时正重叠交错着的水浒众英雄的勃发英姿,全是由这孙二娘的脚印引发。

有谁考证过这是孙二娘的脚印呢?如何考证的?提供过什么确切无疑的证据吗?而且,孙二娘在历史上并非实有其人,只不过是施耐庵虚构的一个人物,是作家的艺术创造。一个虚构人物能够留下实实在在的脚印吗?那答案是明白的:牵强附会。不用这许多问,我也知道这答案。

我不愿说出这答案,我也不乐于同意这答案。我倒乐于说出另一种答案:艺术创造。梁山旅游区的开发者们,发现了这块山石上存着脚印样的痕迹,这是谁的脚印呢?将它命名为谁的脚印才最具有吸引力呢?最好是位女英雄的。梁山的女英雄不多,这脚印倒与风风火火的孙二娘的性格相合,于是,才将它命名为孙二娘的脚印的吧。虚构的人物,虚构的脚印。施耐庵创造了孙二娘,梁山旅游区的开发者们创造了孙二娘的脚印。顺理成章,相得益彰。看到这脚印,如闻其声,如睹其形,原来印象中的孙二娘就愈发鲜活生动起来。

明知是假的,还是给人留下难忘印象;明知是假的,还是引发你浮想联翩。这大约就是艺术创造的魅力所在吧。

中外古今,那些优秀的人,那些对人类历史发展、对社会文明进步做出过贡献的人,都留下了脚印,风吹不掉雨打不掉人抹不掉的深深脚印,深深嵌在人们心中的脚印。

你我他,朋友们,我们能留下脚印吗?能留下这样的脚印吗?如果不能,岂不白来这世上走了一遭吗?

说什么一步一个脚印,一生一个脚印足矣。

**1998 年 5 月**

# 迷恋云台

从云台山回到郑州的这些天来,不时在想云台山,这"想"含有思念相思迷恋什么的,这想真是有点怪怪的。

我的腿不长,去过的名山不多。黄山的奇秀多彩叫我大饱眼福,五台山的寺庙群使我惊诧不已,华山的险峻令我惊叹危乎高哉。那次去武当山未能登金顶,就难以说出对武当山的真切感受。游览过的朝拜过的这些大山,当然都留在记忆里,当然也想它们。对云台山的想却有点不同。在云台山没有了游览和朝拜的感觉,仿佛是在与云台山约会。约会总怨时光短暂,于是就渴望着再一次约会的时光。

接近温盘峪入口的白龙潭瀑布，就感到凉意湿意，沁人肌肤，润人心肺；入得峪来，两岸高山中间碧水，在碧水中荡桨泛舟，一线蓝天在向你展示高远。一块偌大的石头，自然生就的云彩样的花纹，说是叫作逍遥石，因花纹线条的飘逸飞扬而逍遥。我怀疑这原来就是天上的一片云，在飘游中偶尔发现了温盘峪就落到这里来了，在它看来，这温盘峪比那无际的天空更逍遥呢，还是更温馨？真是温馨呢，且看逍遥石近边的这两块大石头，它们的顶部相偎相依难舍难分。导游说，这是亲吻石。——绝妙。流水潺潺，瀑布叮咚，在不息地为这对永恒的情侣弹奏着小夜曲。

三步一泉、五步一瀑、十步一潭，这就是小寨沟了。这个峡谷比温盘峪略开阔，那瀑布出奇妙，都成双成对，也并不直泻而下，坡度略舒缓，呈梯次往上排列。导游说，这是情人瀑。当正迷醉地倾听着相伴相随的情人瀑的轻声细语时，就又看见丫字瀑，不用导游解说，这对情人拥抱融会在一起了。是温盘峪的那亲吻石化作了水到小寨沟散步来了吗？还有水帘洞、蝴蝶石、白蛇出洞、凤尾串珠……小寨沟就这样凉凉的润润的柔柔的，整个的一个清凉温馨世界。

想起一首歌的两句歌词:"阿里山的姑娘美如水,阿里山的少年壮如山。"阿里山没去过,不知道那里的山水是否相依。云台山的小寨沟、温盘峪,山水如此亲近,壮美如此相依,"姑娘"与"少年"如此相伴相随,在我走过的山中,可谓少见。这一种氛围,怀着有点沉甸甸的虔诚心情来朝拜是用不着的,怀着有点轻浮的观赏心情来游览,你自己都会觉得是种亵渎。它引发你一种感觉,是在和它约会,使你流连,这时它变成了她或他,在这里时使你迷恋,想与之说悄悄话,离开时你将带走一片相思,注定要进入你的梦中。

云台,何日再相会呢?

**1993 年 6 月**

# 古栎化石

去栾川县龙峪湾国家森林公园,在住处院子的花坛旁边,摆放着一块古栎木化石。悬在化石上方的说明牌对此有简要的介绍,此化石就出土在龙峪湾,呈半月形,年轮清晰,重量六百余公斤,等等。我没有抄录那说明词,大体的要点都记在心里,不会错。

对栎树我不生疏,在大别山区、伏牛山区我曾居住过多年,那时每天都会瞻仰到它们的葳蕤。但对栎木化石,我却是第一回见到。这次在龙峪湾短暂逗留的时日里,我不止一次伫立在这块古栎化石前,凝目注视它,如同凝目历史;轻轻抚摸它,好像抚摸远古。近在咫尺,有一瀑布跌落下来,跌落成一条小河,叮咚流响,此时听来,就像从远古飘来的悠扬乐声,伴随着我的遐思。

它证明着它的存在,我看到了这证明。它诉说着它的曾经枝叶繁茂的生命,我倾听到了这诉说。我极其小心、极其温柔地抚摸着它清晰的年轮和同样清晰的树皮,悄悄地对它耳语,我看到了亿万斯年前你挺拔的身影,我听到了亿万斯年前你在伏牛山风中哗哗作响的声音。你是不朽的。

我拥抱它。我只能拥抱住它的弧形部分。切面,空在那里。这是块半月形的古栎化石。那"半个月亮"不知为什么消失了。我猜想,这是靠近根部的躯干部分。若是完整的,需两人合抱。

我拥抱它,拥抱已变成化石的栎树的坚硬躯干,仿佛仍能感觉到它的生命律动。——是我自己的心跳吗?

这就是不朽吧。

能够提供生命存在证明的,就达到了不朽。

向一位青年诗人说,看到那证明着不朽的古栎木化石了吧?不说亿年万年,就说千年吧,如今的人们还能背诵千年之前李白杜甫的诗句,就证明着李、杜曾经辉煌的存在。如果你的诗能在千年之后仍为人们所知,哪怕只是一首两首。看到诗人的眼睛露出惊诧,随后眯细起来转换为一种凝思想望的复杂神色。

这是一个诗人的聚会,我是诗人们的朋友,就也跟随了来。龙峪湾人好客。就借他们山清水秀的宝地度过了三天,诗意的三天。

当然去登了鸡角尖。当然去走了仙人谷。还去看了万亩落叶松基地。亲近自然,呼吸春天。享受画意,勃发诗情。

鸡角尖,从通天门进去,三千九百九十余个台阶,然后还要走上一段陡峭的山路,才能登上海拔两千二百余米的顶峰。据说为中原第一高峰。说是天朗气清时,在鸡角尖,东可望见洛阳龙门,西能看到西岳华山,北览黄河,南窥南阳。那天登上顶峰后天气略有变化,四望皆茫茫,为一憾事。在鸡角尖的瞭望台上,偶遇两位熟悉那一带山川的中年人,他们手向南指,互相询问,看到太平镇吗?顺着他们的指向,我便也看到了太平镇。

那是我所熟悉的西峡县太平镇。我知道太平镇清澈的河水里游动着娃娃鱼,我知道从太平镇再往北行四公里,即是黄石庵林场,我在那林场曾经度过不止一个夏天。此刻,黄石庵林场藏在老界岭北麓的下面。太平镇有一条通往西峡县城的公路,在距西峡还有三十公里左右处,便是我70年代初插队的蛇尾乡小水村,我生命中的一千多个日子是和那个山村联系在一起的。

居然可以穿越老界岭遥望到太平镇,证明着鸡角尖的确是:危乎高哉!

龙峪湾国家森林公园,原为栾川县林场,90年代初,他们停止采伐,利用大自然的造化,改办旅游风景区,以旅游风景区所创收入造林育林。几年下来,旅游风景区办成了,造林育林也大有进展。山是青山,那万亩落叶松基地更是葱葱茏茏,甚是悦目壮观。

其实,龙峪湾人也是在写诗,他们的稿纸是他们管辖的六万亩山地。近几年,这诗写得很是动人,颇具魅力,堪称大手笔。我猜想,龙峪湾的子孙会乐于传诵这诗篇的灿烂;我相信,龙峪湾的后代会愉快追述这历史的辉煌。

1999 年 5 月

# 和云的亲密接触

云从窗口飘然而至,如不速之客。握她的手,她融化在你的手里,湿润着你的手心,从手到心。

清晨或是黄昏,朦胧中会听到窗外啾啾唧唧的声音,说不准,或更像是喁喁私语,那是云在和你说话,向你问候向你致意,向你道一声早上好或是晚安。那是云消融之声。

晴朗的白昼,隔窗望去,就看到湛蓝的天空中飘浮着朵朵白云,像在童话中似的,并不高远,仿佛一伸手就可摘下一朵。在夜晚,那星辰当然也格外明亮,去看瀑布——九龙瀑布,白龙撞瀑布,那雄壮的气势是温柔的云变成的吗?去看原始森林,郁郁葱葱,将你的眼染绿,这全是云的恩泽,化云为雨,雨露滋润。也可以这样说,正是地上这片绿,才有天上那片蓝。去爬小黄山,去登玉皇顶,就距云愈近,云拥抱你,缠绕你,给你清凉,给你温馨,就也想化作一片云,随风飘去。

白云山的泉水,一股流入白河,一股流入汝河,一股流入伊河,白河是长江的支流,汝河是淮河的支流,伊河是黄河的支流。也就是说,白云山的泉水一股流入长江、一股流入淮河、一股流入黄河。一手挽着江淮,一手牵住黄河,我惊讶地凝望你,白云山,你为何有如此大的胸怀,既滋润北方,又滋润南方。

在凝望中,就想起自己,我祖籍安庆,在长江畔,我出生在蚌埠,在淮河旁,十八岁出门远行,到了开封到了郑州,在黄河边已经生活了五十三年,从童年到老年,我一直都是在喝着你的山泉水吗?不由生出敬仰之情感恩之情,向你鞠躬——滋润我生命的白云山。

问飘在我头上的这朵白云,你到哪里去?长江,淮河,还是黄河呢?都是我想去的地方,捎带上我吧。

我们这支队伍,号称青年作家,从十七岁到七十一岁的青年作家队伍,没错,正在做青年的和曾经是青年的。白云伴我们攀登,我们在白云间穿行,就仿佛是彩云朵朵,那个曾经年轻过如今已年老的人想,自己至多只能算是一片苍老的浮云了,总还可以变成一滴水,滋润绿叶一片吧。

2002 年

# 读不懂济水

多次去济源，济渎庙是必要去参拜的。

隋开皇二年（公元 582 年），文帝颁诏所建的这座济渎庙，历经战乱屡被重修的千余年沧桑，至今仍然辉煌着。庙院里一棵汉柏，一棵将军柏，相传俱为东汉时所栽种，这两棵两千余年的古树，依然遒劲地诉说着济水的历史。济水之源的龙潭、珍珠泉清澈依旧。这座建在济水之源的济渎庙，为历代王朝的当政者及民间祭祀济水水神的所在。比之黄河、长江、淮河的同类庙宇，济渎庙占地一百三十五亩，为规模最大者，保存也最为完好。

祭祀水神，古已有之。《史记·封禅书》云："及秦并天下,令祠官所常奉天地名山大川鬼神可得而序也……水曰济、曰淮、曰江、曰河。"济水列为四渎之首,甚是了得。问济渎庙的导游,济水何以被尊为四渎之首?答曰:水有水品,水有水德,是因为济水的品德。

济水何品何德?且看宋代诗人文彦博《题济渎》诗云:"一派平流滋稼穑,四时精享荐蘋蘩。未尝轻作波涛险,惟有沾濡及物恩。"同样的意思,早在唐代吏部侍郎达奚珣的《有唐济渎之记》、诗人李甘的《济为渎问》等文中,已经有了更充分的表达,并对江、淮、河三川,特别是对黄河的暴虐为患有所批评。《淮南子》更认为,济水本性通和,宜血脉流通,可入药。对济水的钟情和偏爱,溢于言表。你别说,在史书典籍中,还真未看到过济水为患的记载。济水真乃君子之水。

济水之源,济源因此得名。古济水由此出发,流经河南、山东入渤海。山东的济阳、济宁、济南皆因济水流过而得名。即使按照济水源于荒古至秦汉衰的说法,她也有千年的灿烂。在千年灿烂中,她滋润着广袤土地,养育着千万人民,更为重要的是培育着辉煌的华夏文明。先秦时的黄河,由河南温县北折经新乡、河北,由天津入海。那时河南的广大地区及山东是没有黄河的,只有济水。因此可以说,那个千年哺育中原地区华夏文明的不是黄河,而是济水。而那正是华夏文明高度发达的时期,社会的、经济的且不说,只举其要者,单说三个人物,孔子(前551—前479),孟子(约前372—前289),孙子(约前6世纪),三位影响至今的大思想家大军事家,不正是华夏文明最重要的代表吗? 曲阜的孔庙,山东邹县的孟庙(好像距济宁不远),我都去拜谒过,还在雨中的孔林发过呆。出生于齐国(今山东博兴北)的孙子,我也曾在淇县的云梦山中追寻过他的背影。

拉回到济水的源头济源,济源这里流传着多少创世纪的神话啊,羿射九日、女娲补天、愚公移山等。从五龙口进山,可以看到一座山,叫作箭过顶,与之比邻的还有一座山,叫作阳落山。说是羿就在此拉弓射箭,羿射九日之箭飞过箭过顶那座山峰,飞向遥远的天际,羿射下的九个太阳,就纷纷落在这阳落山下。十七年前的那个早春,我曾在此箭过顶前,在此阳落山前,凝视良久,发呆良久。你能说,这些创世纪神话的创造,与济水无关吗? 这也是华夏文明的不可或缺的重要组成部分。

有一位济水的儿子,济源轵城深井里(今泗涧村)的聂政(生年不详,卒于前379年),他不畏强暴,只身刺杀韩国奸相侠累后,为不牵累亲人,毁容自杀,暴尸街头时,其姐聂嫈为不埋没其弟英名,主动前来认领,抚尸恸极身亡。乃第一侠士。其事为司马迁《史记》所记,又为蔡邕编入《聂政刺韩王曲》,即《广陵散》,千载传诵。抗日战争时期,郭沫若还据此编著话剧《棠棣之花》,以此激励抵御外敌入侵。我第一次感受到聂政对我心灵的震撼,是二十多年前在南阳汉画馆看到他的石刻像。此后来济源,曾去拜谒聂政衣冠冢和聂政祠,这次又来拜谒,就遇见依然还是那位守祠人,十多年不见,他已由六十多岁成为奔八的老人了,我也已年逾八十。这回去看小浪底一年一度的调水排沙壮观景象,雨中路过坡头,去看了留庄民兵营的图片展览,图片生动展示着抗日战争时期这支著名葫芦队的英勇,一瞬间,我就又想起了聂政。聂政,济水的骄傲。

那么,济水呢?

济水消失了吗?

济水在何时何处为何消失?

说是衰于秦汉，并未消失，要不然就不会有历代皇朝对济水的祭祀，历代诗人对济水的赞颂了。明代以前，济水源头龙潭尚有百亩之大。清代时，济水在济源仍被称作千仓渠。

关于济水的消失，有各种说法。源头水量不足。流经的荥泽、巨野泽被逐年淤塞。郦道元在《水经注》里则认为，济水入黄河不复出，是济水消失的原因。《现代汉语词典》认为，现代黄河下游的河道即为古济水的河道。被黄河占了道。那么是否可以说，济水就在黄河里？

济水，在济源境内尚有数十公里河道，只剩下几米宽，也改称珠龙河了。济南以东的济水虽仍存在，也早已改称为小清河了。

北宋政治家、科学家沈括在《梦溪笔谈》中说："古说济水伏流地中，今历下(即济南)凡发地皆是流水，世传济水经过其下。"清代小说家蒲松龄在《趵突泉赋》中说："泺水之源，发自王屋；为济为荥，时见时伏；下至稷门，汇为巨渎；穿城绕郭，汹汹相续。"由此可见，是济水成全了济南泉城的美名。那年在济南看趵突泉，我又看到了你——济水。

济水消失了吗？消失，那是就地面的层面上说的。谁能断定，她已不"伏流地中"了呢？不事张扬，默默流淌，这正是济水的性格。

济水消失了吗？

济水培育的华夏文明，在华夏子孙的血脉里，在华夏子孙的魂魄里。

济水永不会消失。

我读懂你了吗，济水？

2012 年 7 月 18 日

# 与黄河有缘

我的祖籍在长江边。我在淮河边长大。十八岁出门远行,到了黄河边。从此就喝黄河水,不觉就喝了四十七年。天若假我以年,大约仍要靠黄河水育我生命。

先是在开封,后来在郑州,这是黄河下游南岸的两座名城。开封往北是柳园口,郑州往北是花园口,假日时骑上自行车就可以去,看黄河很方便的。

下乡去工作,陕县、灵宝那两个山村都紧靠黄河,黄昏时一遢腿便可看到长河落日圆的景象。有月亮的夜晚便会看到那金色的黄河变成了银色的飘带。

更远的地方也去过。沿黄的山西、陕西、甘肃、宁夏、内蒙古、青海,盐锅峡、牛鼻子峡、八盘峡、刘家峡、龙羊峡都去看过。一次是年轻时随黄河勘查团去查勘黄河,一次是不年轻时率作家访问团去访问青海。如今后悔没去看约古宗列曲——黄河的源头。

年轻时的那年冬季,曾与地形测量队员一起沐浴过三门峡凛冽的风雪,一起在风雪中就着土豆啃馍,一起唱过:"是那山谷的风,吹动了我们的红旗……"还记得当年写过的一首小诗:

夜深了

雪积得比夜更深

一个姑娘在帐篷里

在地形图板前

嘴里喃喃着:平距水平角

手里运用着量角器两脚轨

她头也不抬眼也不眨

姑娘工作得比夜比雪更加深沉

…………

小诗的标题是《一个姑娘在帐篷里——给陈秀娣》。1956 年春天时在全国先进生产者代表大会上还看到过她。陈秀娣,这个南方姑娘,这个黄河第一座大坝第一批建设者的杰出代表,你如今在哪里呢?四十多年过去,时光也染白了你的黑发吗?你还好吗?

结识了黄河,结识了治黄的儿女,当然会触发些什么,就也留下一点文字,《三门峡的尖兵》《三门夜话》《我唱一支歌,为我的兄弟》等,都是年轻时的作品,不过刻记下自己的记忆罢了。我以为这记忆是宝贵的,就始终珍藏在自己心中。

1957 年春天时写作的《我唱一支歌,为我的兄弟》,是我的第一首叙事长诗,是记述一个为治黄事业英勇献身的测量队员的。序诗中写道:

我唱一支歌,为我的兄弟

为他那黑头发和黑眼睛

为他那昂扬的金子一样的歌声

为他那渴望冒险渴望斗争的年轻的心

我唱一支歌,为我的兄弟

为他那宽广、纯净、高尚的灵魂

为他那无畏的英勇精神

为闪烁着光彩和迸发出火花的青春

…………

我以为我的歌是唱给所有的英勇的治黄工作者的。

十年前的 1986 年,河南省文联和作家协会作为东道主,举办了第二届黄河文学笔会,邀请沿黄八省区的近百名作家到河南做客,笔会历时十余天。在三门峡闭会时,作为这届笔会领导小组召集人的我在《闭幕词》中说:"让我们的黄河文学如同养育我们的黄河之水,汹涌澎湃,磅礴壮阔;让我们的黄河文学如同养育我们的黄河之水,汇入大海,流向世界;让我们的黄河文学如同养育我们的黄河之水,永远奔腾在这个叫作地球的星球之上。"是情不自已的抒发,是有根有据的想望。中华民族文化发源地的黄河流域,历来是出大作品大作家的地方。

1993 年,我又一次去走黄河,东坝头、柳园口、小顶子山、引黄入卫的人民胜利渠。这次是沿着毛泽东主席 1952 年视察黄河时的足迹,是为了纪念他一百周年诞辰,去探求他与黄河的关系,一个人与一条河的关系。毛泽东在共和国建国之初说过大意如下的话,黄河过去不归我们管,现在归我们管了,要把黄河的事情办好。

黄河回到人民手中,事情果真就办好了。三年两决只能在历史书上看到了,如今听来如同天书。梯级开发正在有效有序地进行。向长江借水的南水北调工程也指日可待。

与黄河有缘。黄河育我生命,润我心田,壮我筋骨,亮我双眼。我有福了。

1996 年 1 月 12 日

辑二 大地

# 老区新县

上世纪 50 年代末 60 年代初,我在大别山中的新县曾经生活过五年多的时间。那时候年轻,三十岁前后,正是我生命中的青春时光。那五年多我经历过逆境和顺境,不论哪种情况,我都选择了新县。因为什么?因为新县是老区,在土地革命战争时期,那里的人民那里的共产党员,流了许多血,奉献出了许多生命。我们的党旗和国旗是无数革命烈士的鲜血染红的,其中就有新县十数万计为革命奋斗牺牲的共产党员和人民的鲜血。

为着推倒压在头上的帝、官、封三座大山,为着建立人民共和国,为着远大的共产主义理想,英勇奋斗流血牺牲,就使得大别山的山水益加壮美瑰丽灿烂起来。新县的许多山水,都蕴含着动人心魄的传说故事,浸泡在那关于人民的崇高故事中,崇敬之情会油然自胸中产生,关于人的价值人的尊严的思考也会在脑中久久盘旋。就是在这种空气这种氛围这种传说这种故事中浸泡了近两千个日子,我以为会对我的身心健康有益,我十分珍视我人生经历中的那段时光。

当然也写过一些诗文,多发表在上世纪 60 年代初的报刊上。写时虽有感动虽有激情,总不能令自己满意。如今回想起来,以为是愧对壮美瑰丽的大别山,愧对我浸泡在那瑰丽壮美中近两千个日夜的呼吸了。

新县西部郭家河地区有座山崖叫作花台崖,是土地革命战争时女共产党员晏春山英勇就义的所在。国民党反动派要晏春山带领他们去找红军,晏春山当然知道红军游击队的战士隐蔽在哪里,任皮鞭抽打、烙铁烧烫,敌人不能理解这个看起来瘦弱的女人为什么就是不开口。晏春山将白匪引到与红军游击队战士隐蔽处方向不一相距甚远的花台崖上,大声说:"你问红军在哪里吗? 就在这里,在我的心里。"说完就从花台崖上跳了下去。我曾写过一篇短文《花台崖》,还写过一首小诗

《山崖》,仍觉意犹未尽,后来又将此写成七言百余行的小叙事诗《大别山中一山崖》。此诗结尾如此写道:

> 大别山中众山崖
>
> 最是峻峭数花台
>
> 花台崖上花不败
>
> 挺拔屹立千万载
>
> 我站崖下仰首望
>
> 崖高千尺与天挨
>
> 比起英雄我大姐
>
> 峻峭山崖略显矮
>
> 激情满怀歌满怀
>
> 热泪两行流满腮
>
> 共产党员晏春山
>
> 英名长存永不灭

这首小叙事诗还得过《河南日报》的副刊奖。

一个无名歌手和一条无名小河的故事,歌手当然会唱大别山里的许多民歌和许多民歌改编的歌曲,如《穷人歌》《长工叹》等。革命时就也学会了唱《八月桂花遍地开》和《国际歌》。革命低潮时白匪在到处搜捕这位

49

以歌声鼓舞人民斗志的红色歌手,有人民的保护,敌人很难搜捕到歌手。终于,敌人获悉歌手在一个村庄里,将这个村庄包围了,并将全村男女老幼集中在河边,将机枪架起,逼迫他们交出歌手。没有人开口,一片寂静。寂静中响起歌声,是歌手唱着歌从容走来了……白匪将始终唱个不停的歌手推到了湍急的河中,歌声仍从那河面上升起,那歌词是:"起来,饥寒交迫的奴隶……"关于歌手的传说,我写过一首小抒情诗《小河》,后来又创作了七言百行的小叙事诗《大别山中一条河》。

箭河地区土地革命时,有位著名的赤卫队队长程儒香,他是被白匪用耙齿钉在墙上而英勇就义的,他面对敌人,发自心底地呐喊出那神圣的七个大字:"中国共产党万岁!"我写有一首小诗《七个大字》,收在《河南三十年诗歌选》里。

必须抑制一下自己的情绪,我不能在这篇短文中一一诉说活在我心中的众多的大别山英雄。

2000 年 11 月,因为全国散文家在新县聚会,我又回到了离别近四十年魂牵梦绕的地方,看到了许多老朋友,结识了许多新朋友。听年轻的县委书记、县长充满自豪的关于新县的述说，就感受到新县各方面事业都有了长足发展，人民生活有了很大改善，一片葱茏的绿色扑面而来。会后，县里同志让我多留两天，正合我意。去看了我住得比较久的两个村庄的乡亲，有了电话有了电视，火车正从我所住过的边店村前呼啸穿过。也去箭河看了我工作过的地方，又看到了"红田"，看到了程儒香英勇就义的那面墙。还去田铺拜谒了许世友将军墓。新县是个将军县，为革命奉献出四十多位将军。

红色的老区，绿色的新县，因为是那样的红，才这样的绿吧——老区新县。

我思念大别山，思念老区新县，思念在精神上能给人充氧补钙的那片圣土。


**2001 年**

# 重访兰考

1966 年 2 月,我去兰考采访焦裕禄的事迹,在兰考大约待了三个月。2 月 26 日,焦裕禄墓由郑州迁往兰考,按照他的遗愿,安葬在县城北关的沙丘上。我参加了那次盛大而悲痛的葬礼。葬礼后,写过一首小诗《沙丘上》,诗中有这样几句:

> 悲痛的下一个音符,
>
> 是激越战斗的脚步。
>
> 使兰考大地处处锦绣,
>
> 沿着你走过的道路。
>
> 你的精神引导着我们,
>
> 我们的焦裕禄。

十五年前的春天，兰考的一千零八十平方公里土地，三十六万人民，处在悼念焦裕禄的悲痛之中，一个县委书记，如此为人民所爱戴、所怀念，足以说明他的品德之高尚了。那次采访，我走遍了兰考的所有公社和许多大队，人们含着泪向我讲了许多焦裕禄的故事，描述了一个光辉的共产党人的生动形象。

当然，那次采访，我也看到了一个贫穷的兰考。

焦裕禄，1962 年 12 月去兰考。那是兰考最困难的年头。人们形容那时的兰考是"春季白茫茫，夏季禾遭殃，秋收无一碗，冬季逃他乡""地里看银盔亮甲，村里看房倒屋塌，锅里看瞪眼巴叉""种一葫芦打两瓢，在家不如往外逃"。还有一首《愁字歌》："进门也是愁，出门也是愁，吃的也是愁，穿的也是愁，住的也是愁，出门愁，进门愁，愁来愁去没有头。"农民大量外流逃荒，多达四万人。摆在焦裕禄面前的，就是这样一个灾难深重的兰考。

焦裕禄之所以是焦裕禄，就在于他在兰考工作期间，始终表现了一个共产党人知难而进的大无畏精神。他带病深入群众中间。风沙弥漫时，他在查看风口。大雨滂沱时，他在踏勘水的流向。他到盐碱地去，向农民请教治理盐碱地的办法。兰考大地，到处留下他的足迹。他和干部促膝谈心，用自己乐观战斗的精神感染人们、鼓舞人们。当时的兰考县委，兰封一班，考城一班，并不团结，对兰考面貌的改变，也无信心。焦裕禄把县委领导核心拧成一股劲，把劲都使在抗灾上。经过艰苦的调查、细致的工作，在他的主持下，于1963年7月，兰考县委制定了一个文件：《关于治沙、治碱和治水三五年的初步设想（草案）》。这就是兰考人民治理"三害"的蓝图。

治理"三害"的斗争，只能说是初见成效，1964年5月14日，焦裕禄因肝癌逝世，年仅四十二岁。兰考人民哭他："焦书记，你是为我们累死的啊！"他给兰考人民留下了无尽的怀念。

距前一次采访，整整十五年过去了。今年春天，又有机会重访兰考。兰考十日，所见，所闻，所感，与十五年前大不相同，到处洋溢着欢乐的景象。

这十五年，对兰考人民来说，真是历尽了人间沧桑。

变化是从1979年开始的。那变化的标志是：结束了吃统销粮的历史，结束了逃荒要饭的历史。这年的粮食总产量二亿八千万斤,购粮一千三百四十五万斤,销粮一千零四十二万斤,购销相抵,给国家贡献三百零三万斤。1980年,更上一层楼,粮食总产量达到三亿一千二百多万斤。

我们走了许多村庄,村村都在盖瓦房。我们访了许多农户,家家囤里有余粮。我们看到许多农民,个个笑脸喜洋洋。"地里看一片新绿,村里看盖房架屋,锅里看蒸馍米粥",那喜人的欢乐景象,具体描述是要许多篇幅的,还是让我引用一些数字,这些数字我是把它当成诗句来读的:

销往农村的化学纤维、涤纶、混纺,1979年为五十万米,1980年为一百一十万米;

销往农村的缝纫机,1978年为九百四十台,1979年为两千三百七十六台,1980年为三千一百六十四台;

销往农村的收音机,1978年为一千九百部,1979年为三千零七十部,1980年为一万九千四百五十七部;

销往农村的自行车,1978年为一千四百五十辆,1979年为两千四百五十三辆,1980年为三千八百二十一辆。

如今的兰考农民是"吃也不用愁,穿也不用愁,住也不用愁,两眼盯着百货楼,愁的是供不应求"。

这变化,是怎样来的呢?

从党的三中全会来!

兰考县委根据三中全会的路线,从兰考农村生产力水平的实际出发,大胆推行了以包产到户和大包干为主要形式的生产责任制,调整了作物的布局,于是,就出现了这样喜人的局面。兰考人说:"我们只是刚刚丢掉了要饭棍。"要饭棍拿了二十年,终于丢掉了,这就了不起!

"伸手半碗饭,动手千担粮。"焦裕禄,你生前说过的这两句话,多么好啊!但是,只有党的三中全会,才真正把长期束缚农民手脚的"左"的绳索扯断,放开了农民的手脚,农民真正动起手来了。

"兰考大地处处锦绣",还要做一段艰苦的努力,但那也必定是指日可待的了。

安眠在县城北关沙丘上的焦裕禄,你一定看到兰考的变化了吧?你一定会和兰考的农民一起欢笑,一起高唱一曲赞颂三中全会的歌。

**1981 年 4 月**

# 感受西峡

一进入西峡县境,鼻就向肺就向脑传递信息:空气好清新。这就是每次去西峡的最初感受。这感受对久居空气污浊的城市的我来说是新鲜的,新鲜得使人想再多长出两叶肺。

我说每次去西峡,是每次,有许多次,因此,这感受就又是熟悉的,每次去西峡就好像是对这种感受的复习和重温。又新鲜又熟悉,这里面就有着许多记忆。

1970 年到 1973 年,我们全家在西峡县蛇尾公社小水大队下营生产队插队落户,清晨、中午和黄昏,一天三晌,我家的炊烟与下营村农户们的炊烟相亲相爱地缠绕在一起,缠绕了一千个日子。一个人的一生,能有多少

57

个一千个日子呢？这一千个日子就成了我们全家成员各自生命的一部分，我老伴的生命的一部分，我的生命的一部分，那时我们是在不惑之年。还是女儿的生命的一部分，女儿那时将近四岁。日子一天一天过，就像我家门前那条小水河潺潺地流，就流出一些味道来，就流出一些感受来，乡情亲情全是过日子过出来的。我不好代替她们说感受，我只说我自己的。

我家的东山墙外隔一条上后山的小路那边，有几块黑褐色的大石头，在大石头上生长着几棵黄檀树，它们互相依偎互相缠绕着生长，直插云天。村里最年长的长者也说不清这几棵檀树的年岁。村里近百人在树下开会，檀树提供了足够的绿荫。我琢磨石头上怎么会长出树来呢，就看到它们的根是深深扎在石缝下面的土壤里的，也就是说它们是从石缝里生长出来的。这很容易使人联想起生命的历史。于是，我每天看到这檀树，我就每天看到了生命的旗帜。入夜，在家里对灯夜读，有风时会听到那檀树叶飒飒作响，我感觉那是生命的旗帜在我头顶上的星空飘扬。

有一个夏夜，狂风大作，暴雨如注，雷声隆隆，蓝色的闪电不时撕开漆黑的夜幕,我们全家从梦中惊醒,在风声雨声雷声中隐隐听到别一种分辨不清的声音。第二天才知道,村里的人们怕后山下来的山洪冲了我家的房子,冒着风雨雷电在我家房后改水。这件人们说来稀松平常的改水一事,给了我什么感受呢?仅是"温馨"这两个文绉绉的苍白的字吗?

乡村里三顿饭都吃得晚,早饭大约在九点左右,我喜欢端着一碗红薯糊汤蹲在家门口吃,从山那边爬上来的太阳正照耀着我。这里视野开阔,可以看到那条小水河,河边的田野,对岸的青山,以及那在蓝天上飘浮的还未散尽的丝丝缕缕的炊烟。红薯糊汤,红薯最好是小红薯,当地叫作红薯娃,洗净,不要削皮,糊汤糁当然是新鲜的,要那大玉米糁,这样就特别的香甜。下营村农民给我的感受,就如同喝了红薯娃大玉米糁糊汤——香甜。

还有清新。山里的空气清新,那是未经污染的空气,这空气吸进来,才真正是沁人心脾。我竟有幸吸了一千个日子。

因此,离开下营回省城时,的确是恋恋不舍的。不舍什么？不舍那清新,不舍那香甜,不舍那飘扬着的生命的旗帜。

算起来,离开西峡蛇尾小水的下营村已经二十年了。二十年来,我经常回去,1985 年时,我和老伴同已是大学中文系学生的女儿还一起回下营住了两天。我行动方便,不像老伴和女儿坐汽车晕车,因此就经常回去,二十年来,回去了十多次吧。回去干什么呢,就是复习重温那感受。每次回去,乡亲们都是说你回来了! 每次离去,乡亲们又都是说什么时候再回来? 真有回家的感觉。

去年夏天去参加西峡举办的盛大的文学笔会,见到许多北京等各地来的多年不见的文学界的老朋友,也见到经年不见的南阳和西峡的朋友和乡亲,也看了我的下营和小水。真是惬意。这一回知道了两条新闻:一是西峡发现了恐龙蛋化石,是中生代白垩纪早期的,一亿年以前的,仅是已出土的就已超过了全世界已发现的五百枚恐龙蛋化石的十倍。我的天哪,西峡竟是如此古老啊,我的想象力不够用了,无法想象西峡那古老的样子;一是宁西铁路已列入"九五"计划,铁路由西安过来从西峡进入河南省境,有了铁路,西峡这个古老的山区就要搭上现代化的快车了。西峡将怎样现代呢? 我的想象力又不够用了。

我再回来时,希望仍能复习和重温那清新香甜的感受。我也企盼着另一种全新的感受,我会听到那火车汽笛的长鸣的,那的确是动人心弦的音乐。

我的又古老又现代的西峡哟。

**1994 年 1 月**

# 家在山水间

身后是山，脚下是水。

这是一个家，女儿和她的妈妈爸爸。

这个家不是到此一游，与青山碧水合影留念的。不是的。这个家在此生活了一千个日子，是在这里插队落户，劳动锻炼，接受贫下中农再教育的。一千个日子，一千个日落日出，日出而作，日落而息。

女儿在下乡前，就从城里幼儿园的阿姨那里学会了背诵那段"知识青年到农村去"的著名语录，背诵得很流畅，虽然那时她并不认识她所背诵的这些方块字。那时她才三岁半，她当然也不会懂得这些方块字所表达的意义。

先是在南阳市郊区插队，虽然也是靠着白河，可那时的白河水被村前的一家电池厂污染了，每看到那被污染的白河水，心里就挺难受。女儿的妈妈爸爸都有在山区锻炼的经历，都爱山，就向地区行署提出远离城市到山里去的请求。于是，就到了这山水间。村子在哪里呢？就在这家人的眼前，他们正在看着自己的村庄自己的家。这是西峡县蛇尾公社小水大队下营生产队。这家人算是这里的一户社员。

　　刚到下营时是秋季，赶上打桐籽，我们一家人都去参与。男人们打，女人们收。女儿也跟着到山坡上去玩，一会儿就听到她的哭声，一边哭一边吐着什么。原来城里的孩子不知道桐籽虽然好看却是不可以吃的。后来，女儿和小伙伴们一起到山坡上去玩耍，就学会了识别许多可以吃的鲜美的野果，每每都要带回来让妈妈爸爸品尝，挺炫耀的，还顺便捎回一小捆柴火，十几二十根干树枝吧。

　　女儿上学早，五岁时就送她去小水大队的小学读书，每天星星还未落的清晨，妈妈和爸爸就目送着她与小伙伴们一人手端一盏墨水瓶改制的煤油灯去学校上早自习了,那煤油灯点亮着,照耀着孩子们脚下的路。看着那情景,妈妈和爸爸都好感动。

女儿想吃鱼,妈妈让爸爸去河里逮,到河边转了一圈,又到镇上转了一圈,就买回了一盒罐头鱼,将那罐头盒打开,就说,哈,逮住盒里的鱼了,来呀,吃吧。

回到城里二十多年了。呼吸污染的空气,耳闻嘈杂的市声,好像已经习惯了。但有时会怀念那个在青山碧水之间的家。女儿也不忘大自然对她的最初赐予,她在上大学时的一个暑假,还回到那里去重温她的童年。

这脚下的水叫作小水河,清澈碧透,当然是有鱼的,而且是相当名贵的鲈鱼,鲜美极了,有时会从农家买到,做爸爸的太蠢,逮不住就是了。小水河往西流十里入蛇尾河,蛇尾河流入老鹳河,老鹳河入丹江。这里当属长江流域,气候挺温和的,空气挺湿润的,当然也清新。

这个定格的瞬间,是在 1972 年,大约是春季。

1994 年 10 月 4 日

# 微风吹动了我的头发

春天时,清明至谷雨间的某日,那天,天上飘着些微云,地上吹着些微风,微风吹拂着公路两旁无边的由浅绿而深绿的麦浪,也吹拂着我的花白头发。

一个机缘,那天上午,去郏县姚庄乡的三郎庙走了一遭。三郎庙为姚庄乡政府所在地,一个有模有样的小镇。三郎庙,是为纪念传说中为民除害捐躯的三郎而建,从而也就变成了地名,沿用至今。我们几个从省城来的文学人,随着乡党委书记老金的脚步,在小镇的街上走,去看了两家金银镶嵌陶瓷工艺品店,两坊清真寺,一家茶馆,一家矿泉水厂,也顺道看了刚刚建成的伊斯兰建筑风格的小区,和那街上沧桑老迈却依然健壮的传说是山西洪洞县迁来的老槐树,恍惚也走过清河上那座小桥。每到一处,都有短暂的停留和匆匆的交流,不觉间就到了饭时,就到饭店去品尝只有郏县才有的红牛肉。下午,老金他们还要到县里去开会,就匆匆告别。真乃是走马三郎庙。

半日走马三郎庙,看到了什么?

金银镶嵌陶瓷工艺,简称或俗称金镶玉,是由实用的铜锅铜碗技术发展而成为镶金镶银的工艺艺术,已有两百多年的传承历史。展柜里那些排列着的瓷瓶瓷碗,镶上图案各异的或金或银,看上去很美。对这些瓷器的保护大约也会有用。据说,姚庄的金镶玉作品曾被河南省政府作为礼品赠给来访的普京,还有连战夫妇。姚庄的金镶玉工艺,已被列入河南省非物质文化遗产名录。在一家叫作金玉坊的店里,一个自称是店主李冰老婆的端庄清秀的中年女子,沿着展柜为我们讲解着他们的作品,讲解着创作的工艺流程,并向我们展示着她的双手——那双手够粗糙,那是她参与制作留下的劳作痕迹。我问李冰,他是第几代传人,他说是第八代。李冰夫妇准备了笔墨,展开了宣纸,请我们一定留下"墨宝"，我就写下七个毛笔字：金镶玉，美之叠加。

去两坊清真寺，向阿訇们致意，都受到很好的礼遇，在一坊品尝到刚炸出的油圈，在另一坊，一位年青的阿訇专为我们表演了形意拳的片段。

茶馆，叫什么茶馆来着？云梦？梦云？记不清了。这么多的人啊，大通间的厅堂，小桌一张挨着一张，有几十张吧，全都坐满了人，多为老人或是准老人，男性居多，白头发的花白头发的，一壶茶，或在叙谈，或在棋盘上对弈，还有摆山的，一方几个碎瓦片，一方几枚碎瓷片，一种更民间的对弈，匆匆间，没怎么看懂。门外，也是一长溜排列着茶桌，也是座无虚席。在一桌前稍作停留，当听说我们是搞文学的，就有一位老者站起来，说起徐玉诺。这位徐玉诺，鲁山人士，为"五四"时期的诗人，今年是他一百二十岁的诞辰。但他已去世五十六年，我有幸与他于上世纪50年代初曾在河南省文联共事数年，前年我还曾去他的故居和墓前致意。对在此喝茶的这位老者竟知道徐玉诺，我有了兴趣，就问他是鲁山人吗？他答曰宝丰人。他反问我多大年岁，我说八十三岁。他又问我属什么，我说属羊。他说你八十四了。

我笑了,说那我还隐瞒了一岁。按照农村的算法,我应该是八十四了。由"五四"诗人徐玉诺,我联想起宋代诗人苏轼,传说苏轼曾路过三郎庙在此喝茶,并吟诗:"遂令色香味,一日备三绝。"三绝指茶、水、壶俱美,但不知苏轼喝茶的茶馆为哪一家。又传说,三郎庙的喝茶始于唐兴于宋。始兴于何时,大约只有那街上的老槐树知道。

去看一家矿泉水厂,为此处四家矿泉水厂中较具规模的一家,生产的品牌为"唯一达百岁泉",有一定知名度。厂长为一戴眼镜的高个中年人,姓赵。赵原在平顶山市发改委任职,做引进外资的工作,此厂即为他引进的新加坡商人投资,赵将自己也投入进来,他辞去公职,任了此厂厂长。这里大约也会有故事。在繁忙的灌装线的流水作业中,赵自信满满地向我们说,已收到韩国、日本的订单,正在扩大生产。

由此水,想起流经三郎庙的清河(又称运粮河),春秋时楚王平叛之战就在此发生。来不及去仔细打量了。想起清河边的玉泉井,三郎庙的数家茶馆全靠此井的优质地下水滋养,滋养了世世代代。苏轼赞美此处水美,此言甚是。

此次来姚庄乡,为郏县友人、报告文学作家萧根胜推荐,他的推荐词是:多年来无上访,作为一个乡不容易。萧为县人大常委会主任,他的推荐具权威性。来看了后,了解了无上访的缘由。八千多人的姚庄乡,回、汉共居,回族占多半。有饭店、茶馆三十余家,烧鸡烧兔店六十余家,牛肉屠宰加工厂十家,小型冷库三座,金镶玉店五家,阿拉伯工艺品制作销售店二家,矿泉水厂四家,以上各项可提供近三千人的就业,姚庄乡人不用去远方打工,这里无留守老人留守儿童这些困扰当代许多乡村的问题,当然更看不到所谓"空心村"的荒凉。全乡有清真寺五坊,对回族的宗教信仰和生活习俗予以充分尊重。汉族回族都是中华民族,同胞和睦相处,其乐融融。没有什么解不开的疙瘩,何须上访?这里被河南省豫菜协会命名为河南省豫菜基地,中原特色饮食文化之乡。这里的饭店、茶馆,每天吸引八方来客到这里吃饭喝茶,日均接待人次以千计。郏县、平顶山市每天都有多班次的长途客车来往,算得上是车水马龙,熙熙攘攘。

半日走马,我看到了什么?

没有看到奇迹，没有看到传奇。

我看到了姚庄乡的日子，看到了姚庄乡的惬意。姚庄乡有十多位百岁以上老人。长寿，全是因为惬意。

金镶玉，美之叠加。就算是我对姚庄乡惬意的日子的祝福吧。

那天，我也惬意，心情大好，就如同那天的天气，天蓝，云白，田绿，风清，清爽的微风吹动了我的头发。

2014 年

辑三 人间

# 糊涂涂·常有理·惹不起

读完了赵树理的小说《三里湾》，不知怎的，忽然联想起某文化艺术方面领导人的形象来。我想，要是把马多寿、马多寿老婆以及马多寿大儿媳妇这三个外号一起奉送给这位领导人，那真是妙极。

这位文化艺术方面的领导人，从他的脸上我们可以读到三个字"常有理"，而且，只能读到这三个字，再读不到另外什么了。他说的话总是千万分正确的，总是不容置辩不容驳斥的。

记得有这样一件事情。我写过一篇小说，小说写的是农村里的党内斗争，揭发了一个共产党员的恶劣品质。请他过目审查。过了若干天，他把我找了去，大大地训斥了我一顿，说："你歪曲了共产党员的形象。""否定了党的教育作用，也就是歪曲了共产党。"又追问我："你是什么企图？是什么思想叫你写出这样歪曲现实诬蔑党的作品来的?"如此等等。

我一边听着他的训斥，一边读着他脸上"常有理"那三个字，心里有些不服。我思之再三，感到我写的小说虽然有缺点，怎么也不能像他说的那般严重。而且，当时我也读过一些反对教条主义文艺批评的文章，也懂得一点文艺的特性。于是，总觉得他的训斥是十足教条主义的。但，我也没有打算反驳。听完了训斥，拿了小说要走时，不争气的嘴却冒出了如下的话来："文艺这问题有它自己的特性，恐怕不能简单地对待它吧。"

这一下，惹得这位领导人动起怒来，他叫住了我，我只得留下，继续听他的训斥，一边心里直后悔我不该说出那句话来。

他说："什么？你说我不懂文艺，你说我不懂文艺?"接着，他以十分迅速的手法把一本书重重地拍在桌上，桌子受了重重的一击，发出一声响来。我看了看，那是毛主席的《在延安文艺座谈会上的讲话》。我还没来得及申辩,就又听到他声色俱厉、气势汹汹地说:"这是谁写的?"一边用手指着那本毛主席写的经典名著。我有些惶惑,万想不到会引起这样大的误会,事情竟会发展到这种严重地步。想申辩,他却又不给我说话的机会,只得一直等到他训斥得累了,才走出他那间办公室。走出他的办公室,我大大地呼吸了一口气,感到刚才实在太窒闷。

后来,又发生过几件类似的事情(恕我不一一举例了),使我知道了这位领导人真的并不懂得文艺,怪不得那天他那样神经过敏呢。我又听说,他不懂得,也并不学习。

事情原来是这样:他脑子里是"糊涂涂"的,他脸上就愈是要挂着"常有理"三个字,而他又是领导人,从我那次的切身体验知道,他又是"惹不起"的。

"糊涂涂""常有理""惹不起",三个外号奉送给这位领导人,不是惟妙惟肖吗?

但我还不以此为满足,还想开三个单方和这三个外号一并送他。这三个单方是:加强学习,虚心一些,放下架子。我希望有朝一日我会用"明白白""常虚心"

"惹得起"来为我们这位领导人画像。

这位领导人是谁？因为仍怕"惹不起"他，只得姑隐其名。

1957 年 5 月

# 三圣庙

　　其实,想要说的是以三圣庙命名的那条僻静的小街,三圣庙街××号,忘记是多少号了,进了门是座不大不小的院落,有花有草有树有若干所平房,没有高楼遮挡视线,可以看到挺辽远的天空,那时云也白天也蓝,心情就也蓝天白云起来,照我当时的眼光看,那座院子就可算作小花园了。那一带尽是小街小巷小胡同,咫尺之地的茅胡同里一座小院就是我们的宿舍。距铁塔、龙亭、潘杨二湖都不远,可以随意到那里去散步,呼吸清晨或黄昏的空气,那时还未开发为需购票方能进入的景点。这就可以知道三圣庙街的方位了,是在开封城的北部。

我们单位，河南省文学艺术工作者联合会筹备委员会，就在那座小花园似的院子里办公，那时还未改成如今称谓的文学艺术界，还叫作文学艺术工作者。组织上让我出了待了近半年的报社的门，进了这个门，于是，我也就由一个新闻工作者变成一个文学艺术工作者。那时我刚过了十八周岁生日不久，整个的一个不谙世事的愣头青。单位不大，人也不多，二十多个人吧，部门却齐全，编辑部、联络部、创作组、总务科等等。

我们的领导，筹委会主任是由宣传部一位副部长兼任着，副主任是评论家、杂文家、报告文学作家李蕤（赵悔深），他于1941年所写反映饿死数百万人的河南大灾荒，揭露国民党反动派黑暗统治的长篇报告文学《无尽的死亡线》，至今读来仍觉震撼，我是将其看作记录那一个时代的经典文本的。还有一位副主任是诗人苏金伞，他于1946年得知进步教授闻一多先生在光天化日之下被国民党特务公然杀害，拍案而起挥笔喷出他的愤怒《控诉太阳》，业已永载史册。筹备河南省文联那时候，李蕤四十不到，苏金伞四十出头，在如今当然都可排入青年作家、青年诗人之列的。

单位里最年长者，是"五四"时期以《将来的花园》《雪朝》名世的怪诗人徐玉诺，是第一批站在《中国新文学大系》里的人物，他是19世纪末出生的人，也刚过了知天命之年吧。他有一把雪白的美髯，飘飘洒洒，单位里上上下下都尊称他为徐老，他也欣然接受。他没有官职，就是创作组里的一个创作员。我们算是一个组里的同事，我与他亲热的方式就是捋他的胡子，他那藏在心底的长者的慈爱就跳跃在眼睛里变成两点光亮。徐老的怪，我听说了两件逸闻，一是俄罗斯盲诗人爱罗先珂来中国访问，回国时他去送站，这一送就送到了中俄边境满洲里，若是办了护照的话，说不定就送到莫斯科了；二是他在家乡鲁山县乡间当中学教员时，某夜梦游竟挑着一担水上了房顶。我眼见了两件趣事，一是在茅胡同住时，某日他突然向公安局报案说他房里有发报机的声音，怀疑为国民党特务所安装，经查，原来是他老人家的暖水瓶塞子未塞紧；二是他的枕头是块砖头，后来改成薪金制，他依然枕着砖头，将节省下来的工资捐助给生活有困难的民间艺人。

单位里的人，包括徐老在内，上上下下平均也就是三十岁出头，年轻。说是上上下下，是指职务说的，实际上真正是大家一律平等，有官衔也不称官衔，比如对两位副主任，脱口而出就是悔深、金伞，直呼其名，连"同志"二字也省了，自然得很，亲切得很。大家团结友爱，互不设防。编辑部办有两份刊物，一份提高的双月刊《河南文艺》，一份普及的半月刊《翻身文艺》，人手不够，我们创作组的年轻人就也到编辑部上班。我参与了《翻身文艺》的工作，三个人办一份半月刊，还另办一份不定期的内刊《〈翻身文艺〉通讯员》，来稿甚多，来信甚多，不用的稿件，每稿必书写具体意见退还，每信必复，还要保证刊物定期出版，忙碌紧张，全靠大家的热情负责支撑着，群众欢迎党委表彰给了令人兴奋不已的回报。那时候我们年轻的单位哟，完全融合在共和国建国之初那种蓬勃、那种祥和的氛围里。

请河南当代文艺史家们别忘了，开封三圣庙街××号是河南当代文学艺术起步的地方，曾有一群人辛勤地实践着为绝大多数人服务的文学艺术工作。

为什么叫作三圣庙街，那庙里都供奉着哪三位圣贤，至今也未弄明白，大约是当年那个十八岁的少年革命者对圣贤不屑一顾吧。却难以忘怀在五十多年前结识的徐玉诺、苏金伞、李蕤这三位长者,他们的人品一直是温暖着我的心的。为他们的在天之灵,让我点燃起心香三炷。

2001 年

# 诗与民谣

其实,诗与民谣的界限在早先是难以说清楚的。

产生于今陕、晋、豫、鲁、鄂等地,大抵是周初至春秋中叶的作品,于春秋时代编成,分为"风""雅""颂"三大类,共一百零五篇的《诗经》,为中国最早的诗歌总集。其中的"风",即《国风》部分,大都是民间诗歌,即民谣,揭露贵族统治集团对人民的压迫和剥削,揭露当时社会的黑暗和混乱,对人民自身的劳动和爱情也有所反映。将这些民谣与那些出自文人之手的反映祭祀活动及对统治阶级歌功颂德的"雅""颂"之类的诗编在了一起,统称为《诗经》。在这里,民谣也被承认为诗,诗与民谣并没有什么分明的不可逾越的界限。古有采风制度,这些流传在民间口头的歌谣,就是采集得来,才得以流传下来的。春秋时代将这些民谣编入《诗经》,反映了春秋的确是一个在政治上、在艺术上都堪称宽容的时代。

大约是有了诗人之后,有了诗人们的艺术创造之后,才有了诗与民谣的区别,才有了文野之分、雅俗之分、粗细之分、高下之分,即所谓阳春白雪与下里巴人之分。毛泽东于1942年在延安文艺座谈会上的讲话中对此有精彩的论述,他是很主张阳春白雪多向下里巴人学习的。

"大跃进"时,也就是四十年前了吧,出版了一部《红旗歌谣》,由我们尊敬的郭沫若和周扬二位主编。我原来有一部的,历经运动,不知是在哪次运动中丢失了,还是在另次运动中被抄走了,反正找不见了。印象中是很厚重的,印制挺精美的。这部《红旗歌谣》为"大跃进"、为浮夸风推波助澜,社会效果并不好。我当时正在农村,记忆中仿佛并未听到过《红旗歌谣》中所收集的那些歌谣,而是听到过与之相悖的另一类歌谣,当然也还记得一些片段,在此也不具体引用了。当时以为是自己右倾保守思想不健康有问题，所接触的农民大约也是落后分子之类。历史走过了四十年，如今回过头来看，那部《红旗歌谣》是否真就是民间传唱的歌谣，是否真实地反映了当年的民间心声，颇使人怀疑。

现在说到难忘的 1959 年。

1959 年，毛泽东有一首诗《七律·到韶山》："一九五九年六月二十五日到韶山。离别这个地方已有三十二周年了。别梦依稀咒逝川，故园三十二年前。红旗卷起农奴戟，黑手高悬霸主鞭。为有牺牲多壮志，敢教日月换新天。喜看稻菽千重浪，遍地英雄下夕烟。"

也是 1959 年，彭德怀则引用了 1958 年 11 月在湖南平江县调查时一位伤残老红军战士递给他的一张纸条上的一首民谣："谷撒地，薯叶枯，青壮炼铁去，收禾童与妪。来年日子怎么过？请为人民鼓与呼。"

这首诗和这首民谣，在艺术上的文野雅俗粗细高下之分是很明显的。前者高度概括了流血牺牲英勇奋斗赢得胜利的中国民主革命的艰险又光辉的历程，然后笔锋一转："喜看稻菽千重浪，遍地英雄下夕烟。"气贯长虹，充满激情，富于感染力。在艺术上很成功。后者，就是朴素的大白话,对当时的农村景况做了白描,哀叹和发愁:来年日子怎么过? 艺术上乏善可陈。前者为阳春白雪,后者为下里巴人。这是无疑的了。

1959 年夏天在庐山共产党内部发生了一场严重的斗争。从某种意义上也可以说是发生了诗与民谣的冲突,毛泽东的诗与彭德怀引用的民谣,对当时的农村形势做了完全不同、尖锐对立的估计。这场冲突与斗争不可避免。1942 年时主张阳春白雪多向下里巴人学习的毛泽东,在 1959 年时对向下里巴人学习、代表下里巴人声音的彭德怀,不但不予表彰,反而以中央全会决议的名义,将彭德怀打成反党集团的首领,右倾机会主义的头目,进而又在全国开展了一场规模甚大的反右倾运动,"运动"出了数以万计的右倾机会主义分子,这都是些深入群众、深入基层,了解民意、深知民心、实话实说,对人民事业忠诚、对党组织负责的好同志。如此一来,就使得已经"左"得出奇的形势愈演愈烈,其灾难性的后果是不堪回首的。好在历史老人是公正的,庐山上那场冲突的是非曲直早已大白于天下。

尽管粗俗,尽管难登文学期刊的大雅之堂,但切不可轻视民谣,切不可蔑视这些在民间流传的口头文学,更不可动辄赠送一顶什么政治帽子给人家戴上,这恐怕是不可忘记的一条历史经验。

1999 年 1 月

# 井上靖家的树

　　十年前的夏天,也就是 1988 年的夏天,我随中国文联代表团去日本访问半个月。这是应日本日中文化交流协会之邀进行的访问。日中文化交流协会是日本一个著名的民间文化团体,一贯主张和推行对中国友好,日本当代许多著名的文学家艺术家评论家都是这个团体的成员。中国文联与日中文化交流协会之间,定期组团进行互访。我们那次访日就是这种访问中的一次。

　　十年过去,我们这个访日代表团中,画家黄胄已经作古。表演艺术家魏喜奎那年由北京来郑州,给我电话,我还去宾馆看望了她,如今也已成为故人。电影《黄土地》的作者、剧作家张子良,访日后的某年夏天,由西安来郑,曾相聚过,后来还曾看到他的一部电视剧在中央台播出。浙江省文联党组书记袁一凡,访日归来后即有长篇纪实文学在《江南》杂志发表。中国文联办公厅主任露菲女士,不知近况如何。还有随团翻译、戴眼镜的小朱,该长出胡子来了吧。

日中文化交流协会的女士们和先生们,接待热诚,安排周到。半个月,当然走了许多地方,交了许多朋友,看了许多东西,留下了许多印象。有些印象,虽经过十年时光的磨洗,依然清晰如初。

飞至东京羽田机场,大约是那天下午的三时。当天休息,翌日上午即开始访问活动。按照惯例,先去日中文化交流协会原会长中岛健藏先生的墓地祭奠,然后就去当时任日中文化交流协会会长的井上靖先生家中拜访。为了迎接我们这些中国客人的到来,院子刚刚清扫,洒上了清水,可以感到洁净和湿润,叫作欢迎贵客洒扫庭除吧。井上靖先生和夫人正在院中迎候。上前握手,互致问候后,就注意到井上靖先生身旁的那棵树,并不高大,却枝叶葱茏,青翠欲滴,修剪得甚是赏心悦目,就情不自禁地问起这棵树的情况。主人说,这棵树生长在这里已经七十多年了。当然还说了些别的话,比如是什么树之类,统统没有记住,只记住了"这棵树生长在这里已经七十多年了"这一句。看着站在树旁的井上靖先生,就联想到这棵树是伴随着先生的童年与先生一起生长的,与先生有着七十多年的友谊,是先生的朋友。

随后到客厅里落座,分别坐在一个长形桌子的两边,吃甜点,喝茶,说话。看到近八十岁的先生身体如此健壮,腿脚如此轻捷,就问先生,井上靖说,他年轻时习过武,如今还常练练腿脚。知道我是河南的,于是还说起他到过河南,是为了写孔子而去走孔子当年走过的路。叙谈之后,就在客厅的另一端合影留念,那背景是一排高大的书柜,那书柜里有许多井上靖先生自己的著作。

当时的东京和日本许多大城市的影院,正在上映井上靖的巨片《敦煌》,街头和影院门前有关于《敦煌》的大幅广告宣传画。东京还正在举办井上靖的展览,有图片有实物。安排我们看了展览,就看到一部红色的底盘挺高的吉普车样式的汽车,陪同的佐藤女士告诉我,说井上靖先生就是驾驶这部汽车去的敦煌。

访日结束时,日中文化交流协会举行大型招待会欢送我们,井上靖先生和夫人也出席,中岛健藏先生的夫人也远道赶来参加。我用我的傻瓜相机为井上靖夫妇拍了张照片,至今还存放在我的相册里。

后来看到井上靖所写《孔子》的汉译本,知道他为写这本书,曾于1987年夏至1989年春六次到中国访问山东、河南,沿着孔子被逐出鲁后和子路、子贡、颜回诸弟子历经十年的流浪之路走过不止一遍。一个八十岁的老人,不知他是否仍然驾驶着他去敦煌的那部汽车重走孔子当年的流浪之旅? 他在《孔子》的序言中说,他于七十岁读到《论语》,"深深打动我们这些即将对人生进行总清算的老人的心"。

在日本时,我们就议论,井上靖先生所以著作等身,所以成为日本当代文坛德高望重的泰斗,当然有许多原因,但不能说与他院子里那棵生长了七十多年的树无关。那棵树是种象征,象征着井上靖先生安宁稳定的生活状态,使他有足够的充裕的时间与精力从事写作。议论时,我们羡慕不已。

几年前,井上靖先生也已仙逝。

那棵树依然在井上靖先生的院子里蓬勃着吧。十年过去,那棵树也八十多岁了。我猜想,它依旧在先生的院子里的阳光中闪烁着它的青枝绿叶,在清晨和黄昏的微风里絮絮低语,那是在诉说着对先生的思念。

1998 年 8 月 10 日

# 有瓦的日子

在城市里，在钢筋混凝土的森林中，难得见到瓦，与瓦真是久违了。

郑州之东有个郑东新区，郑东新区有个瓦库，是一个喝茶的地方。在瓦库喝茶，会看到品类不一的许多许多瓦，有序地壮观地靠墙叠放排列着，触目皆是。我对灰瓦情有独钟，总忍不住要凝视要抚摸。我知道，我是在回望和抚摸我那已经逝去的遥远的童年和少年时光。

灰瓦让我想起我的老家，我的老屋，我的父亲，我的母亲，我的哥哥，我的姐姐，我的妹妹，伴我童年少年时光的亲人们。

我的老家在淮河中游南岸的一座小城，曾经叫作仁寿里、后又改称为西民乐里的那条小巷,三间坐北朝南青砖灰瓦的房子,一座铺满阳光的向阳小院。八十年前,我就出生在这里。呱呱坠地来到这个世界,我第一眼看到的是我的母亲我的父亲我的外婆我的姐姐我的哥哥,再呢,就是瓦了,在襁褓中在摇篮里,我睁开眼就会看到那片片灰瓦,我每天都会看到,常常,因为摇篮的摇动,我会看到那片片灰瓦也在摇来晃去,懵懂的我,不知那为何物,只是好奇地看着它。懂事之后,才知道那是为我遮风挡雨驱寒蔽暑的瓦。瓦是我接触这个物质世界的第一事物,是我认识这个物质世界的起始。

三间瓦屋一座小院,是我父亲靠诚实劳动换来的。在上世纪初,我父亲十六岁时为谋求生计,从他的老家长江边的安庆到淮河畔的蚌埠一家叫作耀淮电灯公司的电厂学徒,由学徒而电工,后来也带徒弟,成了师傅,我的舅舅就是我父亲带出的徒弟。我父亲读过私塾,能读书看报写信,之后就做了这个电厂检查电表的职员。我感觉,由于父亲在那个电厂的资历,又带有不少徒弟,人正直,在电厂的职工中有人缘,也受到尊敬。

我母亲与我父亲是同乡,她八岁时即做童养媳,十六岁时与大她八岁的我父亲结婚，十七岁时就生了我大哥。大哥比我年长十岁。母亲裹足小脚，未上过学读过书，是个文盲。但她待人接物绝对有文化，源自她有一颗善良的心。看我母亲那双慈祥的眼睛，就可看到她那也是慈祥善良的心。母亲就是靠她的善良赢得邻里的称赞和尊敬。

我父亲母亲都忠厚待人。我十多岁时，家里来了三位不速之客，一位中年妇女带着两个女儿，大的与我年岁相仿，小的不到十岁。听说是我父亲朋友的妻子，她的丈夫遭人仇杀，她领着女儿们从皖北某县投奔到我家避难。我父母热忱地接待了她们，从酷暑到秋凉，达数月之久，在精神上慰藉她们，在物质上也尽力提供了帮助。

我母亲一生生育了六个儿女，大哥长我十岁，大姐长我八岁，二姐长我五岁，二哥年幼时即因病夭折，我记不起他的面容，妹妹小我两岁。这个家的支撑，靠父亲的工资，靠母亲的勤俭，她哺育儿女做饭洗衣做衣做鞋。虽拮据，可温饱。兄弟姐妹中，只我读完高中，在我们家里我是学历最高的。父母无力让孩子们接受高等教育。

大哥读完职业学校就早早地到父亲所在的电厂做练习生,赚得菲薄薪水协助父亲养活这个家。大姐读完初中就在家帮助母亲料理家务,十八岁就出门嫁人。我十八岁前没有买过鞋,穿的全是母亲做的布鞋,母亲千针万线做的布鞋,我就是穿着母亲做的布鞋,穿过我的小巷,走向那个小城的大街,走在上学放学的路上,走完了我的十八岁。

我大哥英俊、聪颖,写得一手俊秀的钢笔字,他将手锯拉出琴音,那叫作锯琴吧,那琴音如泣如诉如梦如幻,叫我为之震颤生出许多遐想。我幼时是我大哥的崇拜者。

我大姐二姐都是抱着我哄着我的好姐姐。长大成人后,一次,大姐向我说,小时候她让我骑在她脖子上玩耍,尿了她一脖子。

妹妹是个漂亮聪明的女孩,学习成绩运动成绩都好。放学回来,总是钻在屋里读书做功课,不帮助妈妈姐姐们做家务,为此,我不时做哥哥状说她几句。

我是个顽皮麻烦的孩子。电厂大门口那一片都是电厂的职工,电厂门外有一块相当大的场地,便是电厂孩子们玩耍的地方，戏耍打闹，每晚都热闹得很。男孩子们野，不时发生打架斗殴，我也参与其中，就有人到家里来告状，母亲就拿着鸡毛掸子要去打我，我跑得快，不时回头看我身后拧着小脚撵我的母亲。此事发生多次，至今印象清晰。但在我的记忆中，疼我爱我的母亲，从未打过我，从未。我在上高中时，十六岁那年吧，一次打篮球时摔断了左胳膊的小臂，母亲带我去求医诊治，上了夹板，月余才得以痊愈。六十多年过去，母亲当时那揪心的表情依然留在我的脑际。

平时，当然是粗茶淡饭。亲戚来时，父亲和大哥的朋友来时，母亲会做几样荤菜热忱招待，红烧肉，烧牛肉，母亲做的菜是天下最好吃的菜，那是我们的节日。当然没有余钱去买什么点心之类，母亲会做炒米茶，将洗净的大米浇上少许香油，在烧柴火的灶锅里耐心焙炒，存放在瓷罐里，吃时舀出少许，或放盐，或放糖，开水一冲，香气四溢，那是我们孩子们最爱吃的可以不时享用的零食。

我要感谢我的表舅。日本侵略军入侵蚌埠时，我们举家和许多人一起拥向天主教堂去避难，后来回到家中,就看到电厂门口站着荷枪的日本兵。那年,我六七岁的样子,一次,我要到电厂里去找我的父亲和大哥,那日本兵不让我进,我与他发生了冲突,那日本兵要打我,我撒腿就跑,跑到近处的表舅家,那日本兵追了来,拉动枪栓,将枪口对着我,我躲在表舅的身后,表舅向那日本兵跪地求饶,那日本兵才叽里咕噜骂骂咧咧地走了。此事留下的给父母的惊吓,更胜于我这个懵懂的小孩。他们把我关在家里,多日不让我迈出院门。我虽然懵懂,那仇恨的种子也已在我的心里发芽。

我十八岁出门远行,走出了我的瓦屋小院,走出了我的"姐妹兄弟皆和气,父亲母亲都健康"的童年少年时光。

儿女们长大成人,当然都想回报父母的养育之恩。可是,在社会在时代这个看不见摸不着的大导演的导演之下,人们常身不由己。先是上世纪 40 年代中期,我二姐遭遇骗婚,独自领着一个女婴又回到了老屋,回到了父母的身边。后是 50 年代中后期,我妹夫因被划为右派,自杀,妹妹独自领着三个孩子,也回到了老屋,回到了父母的身边。女儿们回到父母的身边,但这绝对不是欢乐的相聚。我呢,也被划为右派,在远离老屋的河南大别山区劳动改造。大姐远在上海,她有五个孩子的生活要打理。大哥在列车发电部门工作,他带着大嫂和四个孩子在四处漂泊。儿女们的遭遇,当然会在父母们的心里刻下伤痕脸上添上皱纹。我家老屋的屋顶下,那必定是一段灰色的日子,就像老屋那经年累月已经破旧了的灰瓦的颜色,让人难以承受的灰色。

1962年春节,我从大别山区我的改造地请假去滁州我妹妹处探望父母,那时,父母住在妹妹处。父母都苍老了许多。五十多岁的母亲一脸的忧郁和疲惫,那双慈祥的眼睛也已没了光彩。我睡在母亲的脚头,将母亲的小脚拥入我的怀中,我给母亲暖着脚。

也是1962年,这年的春天,我的命运有了转机,重新回到城市,回到我的工作岗位。二姐、妹妹也开始了新的生活。

可是,1963年的春天,母亲病危,我们兄弟姐妹都赶回家赶回到我们的老屋,在母亲的病床边无望地守候。母亲为儿女们操了一辈子的心,她那颗柔软的心已经操碎,她告别了她不舍的儿女,告别了这个世界,年仅五十九岁。

母亲去世后，我将父亲接到郑州来住。"文化大革命"中的1967年，我被抄家，父亲也受到羞辱和惊吓。我将父亲送到滁州妹妹处，后又到保定大哥那里去住。大哥在"文化大革命"中也受到冲击，日子也不好过。父亲比较达观，1975年去世，享年八十岁。

2004年清明时节，大哥建议齐聚滁州为父母扫墓。经大哥与二姐、妹妹们的操办，早些年，父母已合葬在滁州的琅玡山公墓。大姐已过世。那年清明，大哥从保定，二姐从蚌埠，我从郑州，都到了滁州妹妹处，点香烧纸，祭奠父母的在天之灵。父母在晚年，居无定所，终可以在琅玡山这块土地上安稳地安静地共眠了。

祭奠父母的翌年，2005年，大哥去世，享年八十四岁。他是完成了对父母的最后感恩，走的。

瓦库的老板要我在一片黄瓦上留下一句话，我就写下：有瓦的日子，是有温度有湿度的难忘岁月。

还应该说句话，我要感谢瓦库的瓦，让我这个耄耋老人重温了——感恩。

2011年5月2日

辑四　人物

# 自然之子徐玉诺

　　1950年2月,我们四个年轻人从河南日报社,被调到河南省文学艺术工作者联合会筹备委员会创作组工作。随后不久,徐玉诺来,鹤发童颜的徐玉诺,白髯飘飘的徐玉诺,腰板直溜的徐玉诺,脚步矫健的徐玉诺,于那年的春天从他的家乡鲁山县来省城开封参加各界人民代表大会,在会上作了如何种红薯的大会发言,会后,就被留在省文联筹委会,这正是这位"五四"时期诗人的归宿。记得好像他也被安排为一个部门的负责人,组联部吧,好像只是挂名,总觉得他就是我们创作组的人。

　　徐玉诺是1894年生人,1950年时也就是五十六岁,却为我们单位里最年长者,都称他为徐老。我与徐老相见时,十八岁半,为最年轻者,名为创作组创作员,实为一个懵懂少年,乳臭未干的青皮小子,小屁孩,因此,也没有因为与这位"五四"时期的著名诗人同在一个创作组而感到骄傲与光荣,竟也没有什么敬畏之情。我与他亲热的方式,是捋着他的花白的长髯,用我少年的清澈眼睛望着他的也是清澈的眼睛,他也望着我,我们就这样对视,用目光相互抚摸,就抚摸出长辈与晚辈之间的暖意与柔情。

世称徐玉诺为怪诗人,关于他的怪有各种传说,比如,送俄罗斯盲诗人爱罗先珂上站,他也上了火车,一送送到满洲里,若是有护照,保不准就送到莫斯科了;比如,在鲁山乡下教书时,一次梦游,挑着一担水就上了房顶;等等。我目睹他的怪,也有数件,比如,1950年春天时,文联一行人去许昌五女店搞土改,某天,他突然失踪一整天,至晚始归,说是去追寻逃亡恶霸的踪迹去了。比如,在开封茅胡同文联宿舍住时,某天,他向公安局报案,说是特务在他的住屋里安装了发报机,公安局派人来查,却原来是他老人家的暖水瓶的塞子没有塞紧,发出了"噗噗噗"的声响。比如,1952年时文联搬到开封

104

自由路中段,我们四个年轻人和徐玉诺都住在一间礼堂的二楼靠西边的廊房里,那廊房是用竹篾隔离开的,我们在尽头,隔了间大房子,作为集体宿舍,徐玉诺就在我们的隔壁,隔了间略瘦长的小房,他单独住,我们出来进去,都要经过他那间房,就看到简陋的床铺,那放枕头的地方摆放着一块砖,一年四季,春夏秋冬,长年累月,他就枕着那块砖头睡觉,那砖头就是他的枕头。徐玉诺是文化名人,当时是薪金制,当然比我们这些供给制的年轻人有钱,他将钱大都捐助生活有困难的民间艺人,但也不至于置办不起一个枕头。是习惯使然?好像曾问过他,他也只是一笑置之,我始终不明所以。

1954年后吧,徐玉诺被调至省文史馆工作。1955年,省会由开封迁至郑州,省文联也因此迁郑,省文史馆仍暂留在开封,与他就少见面。记得1957年时他来省文联开会,憔悴了许多,于次年,即1958年去世,享年六十四岁。不记得参加过他的葬礼。现在想想,他去世时的1958年4月,我已经过反右派运动后的初步处理,正下放在他的家乡鲁山县某个村庄。

今年春天,徐玉诺的家乡平顶山市他的热心的读者、有见地的文化人和官员、晚辈等,要建徐玉诺纪念馆,邀我为该馆写前言,我这才坐下来,梳理逐年积累起的对徐玉诺的认识和理解。

1922 年 6 月,文学研究会同人朱自清、周作人、俞平伯、徐玉诺、郭绍虞、叶绍钧、刘延陵、郑振铎等出版诗合集《雪朝》,为中国出版史上公开出版的第一本新诗合集。同年 8 月,徐玉诺出版个人诗集《将来之花园》,为中国出版史上继胡适《尝试集》、郭沫若《女神》之后,公开出版的第八本新诗个人诗集。1925 年 4 月,朱自清、徐玉诺、俞平伯等二十九位文学研究会同人,又出版诗合集《眷顾》。此外,徐玉诺尚有已发表未辑印成册的新诗百余首,散文诗数十篇。据诗人痖弦统计,朱自清主编的《中国新文学大系·诗集》中,选了徐玉诺的诗十首。同集中,胡适获选九首,刘半农八首,沈尹默一首,鲁迅三首,田汉五首。徐玉诺为入选量最多者。徐玉诺的同代人王任叔(巴人)、叶绍钧(圣陶)、郑振铎、闻一多等对其诗均有甚高的评价。闻一多认为《将来之花园》或可与《繁星》比肩。由以上叙述可以得出怎样的结论呢? 仅仅说徐玉诺是"五四"时期的著名诗人是不够的。徐玉诺是中国新诗创作的开拓者和奠基者之一。

徐玉诺的小说创作，也颇有成绩，早在 1921 年初，他就是以小说《良心》卷入"五四"文学革命浪潮的，此后他陆续发表二十余篇小说，鲁迅曾有意将其结集出版并作序，将此意托北京《晨报》孙伏园向徐玉诺转达，徐未做出回应。此事也就作罢。作罢也就作罢。叶绍钧曾在万言评论《玉诺的诗》中说："他不以作诗当一回事，像猎人搜寻野兽一样，当感觉强烈、情绪兴奋的时候，他不期然地写了。"他也没把出小说集当一回事，他不把名当一回事，他对世俗甚少考量，他是自然之子。

他是自然之子，这从我耳闻目睹他的各种生活细节，可以充分看出。

上世纪 20 年代，徐玉诺在吉林教书，当时还是文学青年的萧军曾专程拜访向他求教，后来不知他的踪迹，曾写信向鲁迅询问，鲁迅复信说也不知徐在哪里。茅盾于 30 年代主编《中国新文学大系·小说一集》收入徐玉诺创作的《一只破鞋》和《祖父的故事》，在序言中，茅盾除称赞徐玉诺的才能外，也感叹道，不知他是否尚在人间……徐玉诺这颗闪亮的星辰从"五四"文学的灿烂星空中消失了。消失了也就消失了,他自己也并没有当一回事。

徐玉诺在大地上流浪。如他自己所说,教了二十五年书,换了五十所学校,足迹遍及东北、东南、华东和中原许多地方。他始终如他涌入文学革命浪潮的《良心》所示,以良心为人处世,在黑暗的中国追寻光明,参加学运,宣传抗日,教书育人,他依然在人间为《将来之花园》奔走呼号。

且读《将来之花园》:

我坐在轻松松的草原里,

慢慢地把破布一般折叠着的梦开展;

这就是我的工作呵!

我细细心心地把我心中,

更美丽,更新鲜,

更适合于我们的花纹,

织在上边;

预备着……后来……

这就是小孩子们的花园!

也请读另一首,他的《问鞋匠》,瞿秋白在《荒漠里——一九二三年之中国文学》一文中曾经引用:

鞋匠,鞋匠,你忙甚?

——现在地上满满都是刺,

我将造下铁底鞋。

鞋匠,鞋匠,你愁甚?

——现在地上满是泥,

我将造出水上鞋。

鞋匠,鞋匠,你哭甚?

——世界满满尽是蛆,

怎能造出云中鞋。

鞋匠,鞋匠,你喜甚?

——我已造出梦中鞋。

张哥,来! 李哥,来!

一齐穿上梦中鞋!

瞿秋白在引用过后,接着评论道,梦中鞋是穿上了,可惜走不出东方。我实在憋不住,不免续貂:

梦中鞋是穿上了,

只是恐怕醒来呵。

张哥醒！李哥醒！

大家何不齐动手？

扫尽地上刺泥蛆，

那时没鞋亦可走。

秋白继续说，东方始终是要日出的，人始终是要醒的。

将近一个世纪的时光过去，如今再读这诗这议论，感觉如何？

有资料说，新中国成立的 1949 年 10 月 1 日，徐玉诺曾作《痛快独唱》诗。始终未见到这首诗稿，但可以想象诗人面对晴空放声朗诵的痛快情景。

1950 年徐玉诺恢复创作后，写了不少快板诗，也有小说《朱家坟夜话》出版。天未假徐玉诺以时日，他的创作未超越他的从前，未受到关注。未超越就未超越，未受到关注就未受到关注，徐玉诺没把这当回事。

春天时，去平顶山参加徐玉诺研究会成立大会，会后驱车到鲁山县徐营村，看徐玉诺的故居，拜谒他的墓地。这是我第一次到徐玉诺家乡。那故居在村街的西半厢，故居门旁的墙上镶嵌着一块石碑，石碑上镌刻着"徐玉诺故居 南丁敬题 2005 年 8 月"。那是那年徐玉诺的孙子专程来郑州要我为之题写的。院落收拾得挺干净，房子收拾得也挺干净，院里一棵树正葳蕤着青枝绿叶，好像是棵榆树。墓地在村北数里之遥，一条大路走出去，再往东踏过麦田百多米，就看到这位自然之子又回归自然的归宿之地。他已在此安眠了五十四年。五十多年不见他的音容笑貌，我心中默默地对他说，徐老，南丁想你了，来看你了。南丁已不是当年那个捋着你的胡子的十八岁的少年郎，南丁已是八十一岁的被人"南老""南老"喊来叫去的老者了。

我向诗人徐玉诺鞠躬。我向自然之子徐玉诺鞠躬。深深地鞠躬。

2012 年 7 月 8 日

# 长不大的苏金伞

我到河南省文联工作时十八岁,金伞比我年长四分之一世纪。他那时就是著名诗人,就在省文联做副主席。四十四年过去,金伞如今已是八十七岁的老人,我也已年逾花甲。金伞说,你是我看着长大的。我说,我是看着你长不大的。

近年来我常看到他婴儿般的笑容。他八十六岁诞辰的那天,我们几个人带着蛋糕水果到医院去看他,坐在轮椅里的他笑着欢迎我们。我说,你们看金伞这笑像不像婴儿的笑容?大家静观之后,没有一个人不说像极了。前不久读到金伞发表于《诗刊》1993 年 1 月号的组诗《野火与柔情》,其中写于 1991 年 6 月 1 日的《儿童节》有这样的诗句：

> 晚上
>
> 孩子们做着梦
>
> 脸上现出无邪的痴笑
>
> 这种温馨可能保持到老年
>
> 以后孩子们闹着还要回到儿童节
>
> 阿姨说：你们
>
> 再也回不到那里了！

金伞就是将这种无邪的痴笑保持到老年的。再也回不到那里了吗？你的笑容证实了你的心灵从未离开过你心向往之的儿童节。

一个在人生旅途上已艰难跋涉了八十七年的老人，一个在诗国里已辛苦耕耘了七十年的老诗人，你当然是丰富而厚重的，你是一部丰富厚重的书。我读你，却特别被你丰富厚重中的单纯纯真天真童真所感动。由此，我就想说，你不是一个写诗的人，你是一个诗人。诗人是用心灵呼唤心灵的人。如今，写诗的人不少，诗人不多。

与金伞相处之后，他的坎坷我全知道。反胡风时，他是审查对象。反右派时,他是右派。后来我也当了右派,与他一起在大别山山区改造,就看到在黄塃那个小山村的一间茅屋的门上他写的诗,那是他自撰的一副春联:门前流水皆珠玑;屋后青山尽宝藏。在那种情境下,他仍在抒发着他诗人的对那片山水的爱恋之情。"文化大革命"中,他当然在劫难逃地也是牛鬼蛇神。这些强加给他的非诗的东西太多、时间太长,几乎蹉跎了他全部的壮年岁月。到了 70 年代末、80 年代初,他的坎坷命运才随着共和国命运的好转而结束。他重新发表诗作时已到了晚年。

　　流下来又汇成一股响泉

　　从小桥下静静流过

　　带着红色的杜鹃花瓣

　　流向山外,流进茫茫的大河

　　站在山口,调整一下呼吸

　　试一试想象力是否丰富

　　快些进山去吧

　　山口不过是春天的咽喉

这是 1981 年他七十五岁时所作《山口》。他穿过了春

114

天的咽喉,他在春天里遨游,他好惬意好舒畅好快乐,于是就有了他诗的生涯的又一个高潮时期,既多且好,一发而不可收。也就是在 1981 年,金伞加入了他几十年如一日苦苦追求的中国共产党。

《山口》对新生活礼赞的热情不能不燃烧着你,就像《控诉太阳——哀闻一多先生》对旧势力愤激的热情不能不燃烧着你一样。1946 年 7 月 18 日,闻一多先生被特务枪杀后三日所作的《控诉太阳》写道:

五点二十分

正是你,太阳

辉煌照耀的时刻

为什么眼睁睁地

看着卑鄙的谋杀

在大街上公开地进行!

流在金伞血管里这两种热情一脉相承,其实是一种热情。你从前是这样,现在还是这样。那些个坎坷留给你的伤痕,你统统用爱治愈了,对人民的爱,对共和国的爱,对中国共产党的爱。你的诗心完好无损。

八十岁以后仍迭有好诗不断问世,这真是动人的景观。在当代中国诗坛,如金伞者能有几人? 其奥秘何在呢?

这奥秘我已经猜到,那就是你婴儿般的笑容,那笑容是童真的天真的纯真的单纯的诗心的外化,那是因为你的长不大。

金伞,你不要再说我是你看着长大的。我多么希望长不大,像你那样长不大。

1993 年 5 月 15 日

# 楼下老杨

虽然进过中国最高的戏剧学堂深造,虽然念过斯坦尼斯拉夫斯基、莎士比亚这些洋经,回过头来,老杨的血管里流淌的还是农民的血,老杨的胸腔里跳动的还是农民的心。

2000年12月1日,星期五,上午,好天气。省文联大会议室的墙上贴着会标:杨兰春从事戏曲艺术六十五年暨戏曲语言艺术研讨会。到会的人太多,大会议室装不下,添了些椅子,也有人就坐在与大会议室相连通的小会议室。研讨会由省委宣传部、省文化厅、省文联三家共同举办,挺热闹红火。到会的各部门的头头脑脑,文艺界各方面的专家学者,多是杨兰春的朋友,多是冲着杨兰春来的。杨兰春自己没有来。刚刚过八十岁生日不久的杨兰春在医院里。在医院里的杨兰春给会上捎来两句话,一句是感谢为他开这么一个研讨会;一句是希望诸位编导都能狠狠抓住一个戏不放,河南的戏曲艺术事业就会更加繁荣昌盛。这个杨兰春,在病床上仍被河南戏曲艺术繁荣昌盛这个解不开的情结缠绕着。

老杨的戏我看过,早年的《小二黑结婚》《刘胡兰》《冬去春来》《朝阳沟》《李双双》《杏花营》,新时期的《朝阳沟内传》。老杨编导的更多的戏,我则没有看过,或者说无缘看到。因此,不敢将自己提拔为老杨的戏的戏迷,一个观众而已。我看到的老杨的戏,都是写农村的写农民的,战争时期的和平时期的不同时期的农村和农民。

老杨 20 年代初出生在太行山区一户贫苦农民家里,父亲是饿死的,可见其贫苦之情状。他读书只能读到小学三年级,十几岁时就在农村的民间剧团里学唱戏,他们那个地方的小戏叫作武安落子,他有唱戏的天赋,唱得很不错。抗日战争爆发,老杨就参加了抗日,那年他十八岁,在部队上被分配到机枪连当机枪手。按说当年老杨的身架和力气当个机枪手并不特合适,据说是在机枪连牺牲的机会要略少,部队首长是为了爱惜老杨这个会唱戏会说快板书的文艺人才。解放战争时期,终将老杨这个文艺人才调入宣传队,他虽一度跑回机枪连,还是将他"揪回"宣传队。无论是抗日战争还是解放战争,根据地都在农村,十几年间都是在农民的支持下与日本鬼子与国民党反动派打仗。农民的儿子老杨与农民的感情,就是在这种时空中被培养得愈加浓烈。1948年老杨到了解放了的洛阳,就被分配到文工团,那时团里没有专职导演,老杨自己说"羊群里跑出来头驴——就数我大了"。老杨开始干起导演的营生。

1950年,老杨被推荐去中央戏剧学院学习。老杨觉得自己文化水平不高,不敢去那最高的戏剧学院。人家说,就是要培养一些老杨这样的工农出身的有实践经验的人,老杨就去了。老杨知道中央戏剧学院是在北京的棉花胡同里。他头一回坐火车去北京,在丰台站就下了车,下车后一问,说离北京还有十七公里呢。老杨二话不说,背起行囊就走,不就是三十几里路吗,对于从战争中走出来的老杨简直是小菜一碟。我猜想老杨那时一边走着从丰台去北京的路，一边还会在心中赞叹：这路好平展哟。老杨走到了北京，老杨找到了棉花胡同，当着戏剧艺术的诸位大权威的面说了一段他自编的长篇快板书《中原突围》，入学考试顺利通过，老杨就成为中央戏剧学院歌剧系的学生了。三年下来，斯坦尼斯拉夫斯基没有少学，莎士比亚、莫里哀、易卜生没有少读。戏剧界的大师级表演艺术家云集京城。观摩机会甚多，要自己拿钱看戏，老杨有津贴，生活的要求又只是面条，每次观摩决不放过。不论刮风下雨天寒地冻路程遥远，都是跑着去走着回来，从没坐过车，权当逛北京城吧。就这样，梅兰芳、程砚秋、尚小云、荀慧生、盖叫天、马连良、周信芳、范瑞娟、傅全香、白云生等大家的戏全看了，算是见了大世面。学习期间还完成了一项作业，那就是接受任务与田川合作，将赵树理的小说《小二黑结婚》改编成歌剧。开始时赵树理对歌剧系的洋学生并不相信，说我那土东西你们洋学生改不了，说新凤霞已将《小二黑结婚》改编成评剧，演了一年多了，你们要也能演一年多就改吧。态度有点冷冷的。马可带队，杨兰春、田川、郭兰英一行十多人，为改编《小二黑结婚》去晋东南体验生活，体验生活的地方离老杨出生的村庄只有十五里地，那生活原来就是老杨熟悉的。后来，那歌剧改成，赵树理也甚是满意，马可作曲，郭兰英首演，大获成功，成了中央歌剧院的保留剧目，长演不衰。这作业甚是了得。

1953年学成归来，先是在省歌剧团，后来到专演现代戏的豫剧三团，编戏导戏，半个世纪的岁月，老杨将自己的血肉之躯、将自己的精气神都交给了豫剧现代戏。依旧是下乡，依旧是和农民去吃一锅饭滚一条炕，老杨离不开农民。1958年的《朝阳沟》，光彩照人，成为经典，使豫剧三团也步入辉煌。就是这样的老杨，在1960年反右倾时居然被打成了右倾机会主义，被强制下放到农村去改造。从某种意义上说，对于老杨这也没有什么不好。老杨就是愿意下乡。与农民一起挨饿一起受难的日子，如今都成了老杨的珍贵记忆。

老杨的血管里流淌的是农民的血，老杨的胸腔里跳动的是农民的心，老杨爱吃的是农民也爱吃的面条，老杨说的话是农民的家常话。虽然进过中国最高的戏剧学堂深造，虽然念过斯坦尼斯拉夫斯基、莎士比亚这些洋经，回过头来，老杨还是搞他的土东西，用农民的语言写农民的戏，为农民立传，代农民立言，诙谐幽默乐观向上，农民看着喜欢听着美，还跟着学唱，会哼梆子腔的谁不会哼几句《朝阳沟》？老杨坚持不搞那些农民看不懂听不明白的"雅不可耐"的东西，他坚持大俗，大俗大雅，大俗通向大雅，雅俗共赏，不仅仅是农民喜欢。1964年《朝阳沟》晋京演出，毛泽东主席在台下观看也被逗得开怀大笑。演出结束后，毛主席上台说："祝你们演出成功。"扮演银环的魏云竟激动地说："俺都不会演戏。"毛主席说："演得好嘛。"接见合影时，蹲在毛主席身前的扮演巧真的小演员高颂喜，高兴得不知如何是好，竟扭转身拍起毛主席的肚子，逗得满台都开心地大笑起来，毛主席也高兴地叫了声高颂喜"小鬼"。

当代中国戏剧界的权威们对老杨的赞誉之词，可以编一本小书，这里无法复述。说一句简单明白的话，如果没有老杨就没有豫剧现代戏的今天。这句话估计都会认同。

有幸与老杨在省文联这个单位共事多年，相处愉快。如今又都是这个单位的离休干部。老杨住在一楼我住在二楼，他在楼下我在楼上，几千个日子里我每天下楼上楼都要经过老杨的门口，有时会碰到他，有时会听到他在那门里说话。在二楼，有时我会听到院子里孩子们的一片欢呼声，就是重复着的三个字："杨爷爷，杨爷爷……"接着就会听到老杨的一声吼，那吼声里溢满着欢乐，这种欢乐的声音的呼应与交流，仿佛是狂欢节的音乐。我盼望老杨早日从医院回来。当再听到这狂欢节的音乐时，我会打开窗户观赏那狂欢节的景象。

2000 年 12 月

# 家常与传奇

　　面对周淑丽自 1962 年至 1994 年所拍摄的这一百余张生动传神的照片,一张一张看过来,我就又见到了听到了常香玉的音容笑貌,仿佛又在和她说话聊天谈心。

　　周淑丽是资深的摄影记者,这本照片集就是她三十多年来跟踪采访所获的成果,真实地记录了常香玉艺术人生的方方面面,使人们得以重睹艺术大师的风采,弥足珍贵。为此,要谢谢淑丽的辛勤劳作。

　　我少年时就看常香玉的戏,青年时与她相识,上世纪 80 年代以来,又长期在河南省文联共事,之后就成为经常走动不见常思念的朋友,直至她去世。与她的相处交往中，对她愈益了解，就愈益感动。

常香玉是一个农家女，是一个豫剧演员，是一个人民艺术家。这个人民艺术家可不是个形容词，是国务院正式命名的，而且至今为止，在艺术界，只有常香玉是唯一为国务院命名的人民艺术家。这是最高荣誉。

上世纪50年代以演出所得捐献香玉号飞机支援抗美援朝，获得"爱国艺人"称号，她是个伟大的爱国主义者。自那以后，诸如大兴安岭森林火灾，炎黄二帝巨型塑像，救助下岗职工，抗击"非典"斗争，等等，她都挺身而出，或为之义演，或捐赠善款，她是个对国家对社会对人民有着一颗滚烫的爱心之人。

香玉是个家常的人。1996年，我与香玉一起去北京参加中国文联第五届全委会第二次会议，会前，她约我去逛王府井，说是受托要为邻居捎两双布鞋，她自己想换一个手表表带。我就看到她在王府井百货大楼卖布鞋的柜台前，按照邻居的嘱咐而耐心地转悠、细心地挑选。在王府井一家钟表店，她挑选表带，总嫌太贵。1998年，曾在香玉家吃过三次饭，两顿捞面条，一次卤面和蒸槐花。1988年春暖花开的时候，为香玉杯艺奖筹措资金,香玉与她老伴宪章率团西行演出,第一站为巩义某乡镇,我曾驱车专程去探望,与香玉、宪章共进午餐,也是捞面条。又想起上世纪60年代初,我在豫南一个村子搞社会主义教育运动,香玉和几位豫剧演员也到那个村子住一段时日,她们是去体验生活,了解农民,还在田边地头为农民演出。那时规定,不准吃鸡鱼肉蛋,香玉她们都很守规矩。对于农家女出身的表演艺术家常香玉,农家饭很好,面条,蒸槐花,足矣。

常香玉是个家常的人,又是将自己活成一个传奇的人。——你不觉得她是个传奇吗?

我曾试着用不同的词语,来状写常香玉,来表达我的感动,表达我对这位比我年长八岁的我在心里敬着爱着的大姐的敬爱之意。

比如:香玉风度。1991年第三届香玉杯艺术奖颁奖大会演出中,常香玉登台唱了一段《花木兰》,那年她已年近古稀,她那一声"谁说女子不如男!"不但高昂、激越,得再加上苍劲,就是如此高昂激越苍劲地撞击着人们的心,特别是撞击着男士们的心。好一个"谁说女子不如男!"香玉倾其一生诠释这句话,这就是香玉风

126

度。在寻思品味求索香玉这种风度时，会逐步得到一点悟，得到一些快乐，那就是从卑琐中从喊喊喳喳中从小家子气中逐步解放出来，像常香玉那样为国家为人民为社会多办些好事的悟和快乐。这是大悟，大快乐。

比如：创造美丽。2003 年，第九届香玉杯艺术奖评出之后，那年的夏季，6 月上旬，香玉从北京大病初愈出院回到郑州，她给我打来电话，在电话中，她讲了她的大病，讲了医生对她的有效治疗，她对医生表示感谢。她讲了此次评奖承蒙《大河报》全力支持，她感谢《大河报》。她讲了此次颁奖活动仍拟借河南电视台《梨园春》栏目举办，她感谢《梨园春》。对生活对他人，香玉总是充满着感激之情。此前几天，在《大河报》头版位置，看到香玉为抗击"非典"斗争捐赠善款的大幅照片，三个女儿陪伴在她身旁，站在另一侧的《大河报》总编辑满脸都写着感动。那年香玉八十岁。八十岁的香玉笑容依然美丽，流溢着女性的慈爱的魅力。就是这个电话这幅照片，激发我想起"创造美丽"这个词语。作为一个艺术家，香玉在舞台上创造美丽——壮丽之美的花木兰，凄婉之美的白素贞，俊俏之美的红娘……都是留在观众心中的美丽形象。作为一个人,香玉在生活中创造美丽,从上世纪 50 年代为抗美援朝捐献香玉号飞机始,到近日为支持抗击"非典"斗争捐赠善款止,从二十多岁至八十岁这半个多世纪以来,她在生活中创造了多少美丽,她自己也未必能说得清楚。因为,创造美丽对于香玉来说,她是当着日子过的,谁能将自己的日子说得一清二楚呢?创造美丽,于是,也就创造了美丽的自己。常香玉做到的,我们未必都能做到。但是,虽不能至,心向往之,如此,总会距美丽近一点。

2004 年春天,香玉大病复发,重回医院治疗。多日之后,陪伴在她身旁的她的长女常小玉给我打来电话,说起她妈妈在病中有时会想起我,回忆起和我说话聊天的一些情景。我问了她妈妈的治疗情况,祝她妈妈早日康复,并请她代我向她妈妈问候。我总以为香玉是重回北京住院,所以在电话中我并未问及在哪里住院。小玉大约以为我应当知道她妈妈在哪里住院,所以并未说起她妈妈在哪里住院。直到 6 月 1 日,香玉逝世,我才恍然知道香玉就在郑州的省人民医院住院。阴差阳错,在她病重时,我竟未去看望她。不管因为什么,我觉得对香玉我有所亏欠,至今,我仍觉得这是件憾事。

　　向香玉遗体告别那天,阳光灿烂,在灿烂阳光的照耀下,这么多的人啊,男的女的老的少的,从郑州从各地自发赶来的成千上万的人,一起拥向殡仪馆,都是爱戴她迷恋她惦念她怀想她的戏迷,都要最后看她一眼。我就是在这人头攒动的人群之中,被推拥着与人们一起走向安详地长眠的常香玉的,向她默哀,向她鞠躬。就是在这人群中,我真切地感受到一个真正的人民艺术家,与人民之间有着怎样浓得化不开的血肉相连心灵相牵的关系啊。常香玉就是这样的人民艺术家。人民艺术家,这的确不只是一个干巴巴的称号。

　　不觉间,香玉已走了十二年。香玉的美丽的灵魂在天国必定安宁。因为,有这多这么多的热爱着她的人们的心在温暖着她。


　　　　　　　　　　　　　**2016 年 5 月 25 日**

　　　　　　　*本文系《人民艺术家常香玉》序*

# 弓未藏

张一弓身材比我略高,也就是一米七五之上吧,也上不到哪里去。年岁比我略小,也是六十六周岁了。六十六岁的一米七五的张一弓走起路来依旧保持着昂首挺胸身材笔直的姿势,显得年轻。在夏天,就能看出他身材保持得还是不错嘛。头发仿佛是比年轻时稀疏了些,好像尚未发现白发。眼镜一戴,脚步依然轻捷,前后左右看,还是有男士风采的。一弓跳舞跳得好,专业水平。也爱唱歌,我听到的就是《三套车》《莫斯科郊外的晚上》,偶然还有《在乌克兰辽阔的原野上》,也就是这几个曲目了,情绪表达还算准确,艺术表现则略显业余,但有一点好,人家不怯场,叫唱就唱。我看出来,他特想唱,多是朋友相聚的场合,对酒当歌,借歌宣泄,管他专业业余。嗜酒,也有量,但不能自控,喝起酒来显豪爽气,一路豪爽下来就有醉意,醉时就不定会搂住哪位朋友的肩膀,眼泪两行地哭出声来。

他生活极不规律。十六岁读开封高中二年级时,就应召去《河南大众报》做了娃娃记者。上世纪80年代,《犯人李铜钟的故事》发表之后,从事专业文学创作。半个世纪的文字生涯,就使得一弓难于日出而作日落而息,劳作和休息常颠倒着过。

继《犯人李铜钟的故事》之后,一弓一发而不可收,有上佳表现。继"李铜钟"后,又有《张铁匠的罗曼史》《春妞和她的小嘎斯》,连续三届在全国中篇小说评奖中获奖。《黑娃照相》则是短篇小说的获奖篇目。一弓成了获奖专业户。有些未获全国奖的篇目我也颇为欣赏,如《考验》。上世纪80年代,几乎可以说是一弓的年代。一弓的文学创作如日中天的时候,我正在河南省文联扮演主席和党组书记的角色。在河南省,作协与文联没有分家单独建制,文学创作也归文联管。看着自己的作家如此火爆,我当然高兴。那时,我们制定了一条政策要奖励有好的表现的作家,记得就曾给张一弓、叶文玲兑现过。给张一弓晋升两级工资,给叶文玲晋升一级工资。一弓有时会不经意提起此事,我就会想起一弓当场将奖金捐献给青年文学创作基金的慨而慷。

一弓的小说创作几乎热闹地贯穿了整个上世纪80年代,90年代怎么突然沉寂下来了呢?也几乎是沉寂了整个90年代。这是怎么回事?在新世纪开始时回想起来,坏就坏在一弓在90年代初做了河南省作家协会主席。就是这个主席使得一弓在整个90年代被卷入了一场躁动不安中,他难以坐下来写什么小说。

记得是1991年岁末,河南省作协开代表大会,选举当时还在美国聂华苓那个创作中心度创作假的张一弓当主席。一弓于1992年元旦回到北京,然后回到郑州。这年初,河南省举办首届优秀文艺成果奖评奖活动。我那时已从省文联的工作岗位上退下来,还给我留下两顶闲帽子,省文联顾问和省作协顾问,也参与了这次评奖。一弓也是评委会成员,我们被安排在东明路亚细亚宾馆的一个房间里同住。上任不久的省作协主席张一弓意气风发,颇想在事业上有一番作为,他将一份拟办的

《热风》杂志的方案给我看,征求我的意见,并说从赞助商那里有希望争取到十万元人民币作为这个刊物的启动资金。这十万元资金还就在评奖期间落实了。那天晚上一弓从外面与赞助商约会回来,欣喜若狂地告诉了我。我欣赏想做点事情的人,对那方案也提了少许意见。

《热风》于1992年10月出版,一弓自任主编,创刊号的封面也是他自己设计的。看那包装,看那篇目,感觉上还可以。将于黑丁和我的名字也作为顾问印在版权页。顾问只是名义,黑丁和我当然不会去问《热风》的什么具体事宜。当时一弓正在泰国访问,要为正大集团写一篇文字,这是拿了人家十万赞助款许诺下的回报。这年年底一弓访问泰国五个月之后回来,已出版三期的《热风》陷入困境,书商发行书款收不回来。《热风》这个杂志,只在出版上有户口,在编制财政上都无户口,难于运转,面临生存危机。去巩义市竹林集团,采写人家的报告文学,拉人家集团老总做社长什么的,意在讨碗饭吃;又去豫北某纱厂,与人家对饮了一瓶白酒,醉了一昼夜,换来三万元赞助;又作为被告和原告陷入

133

马拉松式的诉讼之中。还听说,在农科院那里租来的《热风》编辑部办公室的墙上贴出四个大字:哀兵必胜。一弓带头又发动杂志社诸同人集资办刊,大有不成功便成仁之慨,够悲壮的了。《热风》缠了一弓多年,坏情绪容易招惹病不是,病痛也接踵而至,是很掉了几斤肉的。有次座谈作家深入现实生活问题,一弓感慨万端地说,现实生活深入得我受不了啦,就是指《热风》将他这个主编烤得焦头烂额无可奈何。

后来,一弓从省作家协会主席的职位上退休,虽然还保留着作协名誉主席、《热风》名誉主编的头衔,杂志的具体事宜不参与了,也并未潇洒得起来,《热风》不冷不热不死不活的模样依旧让他揪心,后来干脆连名誉主编也辞去了。

突然想起来,因为《热风》,欠止大集团的那笔账尚未偿还人家,在1998年酷暑中的郑州,坐在电脑前听他于1992年在泰国正大集团采访时的录音,边听录音边往电脑里输入,几十个录音带听下来输进去,就用了月余时间,然后又对这些输入的素材按照新闻记者的严谨作风加以整理、写作,从夏到冬几乎用去了半年的时间,终于写成了十万字的《正大集团创业史》，于 1999 年在《河南商报》连载，后又请华龄出版社出版了一本小册子。就这样，一阵《热风》吹拂，就将小说家张一弓的 90 年代吹拂而去，就将小说家张一弓的三千个日子吹拂得没了踪影。时光过得也真是好快。《正大集团创业史》发表和出版之后，包括正大集团在内反应平平，但是作为张一弓，他完成了他的承诺，他心里干净了，觉得不欠人家什么了，解脱了。那一阵，我知道一弓在为还债而写作，进出文联大院都要经过一号楼一弓书房的窗口，有时夜深还会看到那窗口亮着灯光，就很为之感动。

新千年开始，一弓想重新恢复小说创作，他多次向我讲起过他构思中的长篇小说的素材，在一起聊天时就一个片段一个片段地讲，这个长篇动用了他一生的库存。他也多次向我讲了他的苦恼，苦于找不到一个结构，找不到一个叙事方法，不知该从哪里切入。2000 年夏天，我们应邀同去安阳参加全国电业系统文学作品颁奖会，路途中，在汽车里一弓和我两个烟鬼对着冒烟，我突然想"开导"一番我的朋友，将他从创作的苦恼中解脱出来。我认真地说，抛弃你那个圆形的封闭的完整的结构,开放些随意些洒脱些。你一生中走了许多地方,接触了许多人,特别是你做了多年记者,就更是你的优势,不妨将长篇小说作为长篇随笔来写,大随笔,试试看。一弓沉默着,做聆听状。事后想起来,有点可笑。我的最后一篇小说《第九十九棵是刺槐》发表于1983年的初夏,我这个近二十年不写小说的人,"开导"起近十年不写小说的人,而且"开导"得理直气壮,那位"被开导"者呢,仔细听着,好像又不是故作出来的。不是朋友间大约不会发生如此有点滑稽的事情。

一弓最近告诉我,他的长篇小说已进展近半,基本上是按照我那次讲的那个思路写的,题目暂定为《远去的驿站》,约今年上半年可以杀青。说得挺高兴的。

一弓的日常生活质量不怎么样。离异后的十多年一直过着单身日子,自购自炊,多是冻饺子、方便面之类,而且有一顿没一顿的,起晚了,就不吃早餐,发起懒来,这顿饭也就免了,长此以往,营养总会失衡。看那身材保持得不错,知情人会怀疑那体质健壮吗? 其间,也有两情相悦的女子,总是好事多磨,难以如愿。他将他的隐私也说给我,且为他保守秘密。一弓说,我这一生也可能就这样过下去了,情绪多少有些哀伤。别这样,一弓,你心仪的你所爱的能激荡起你情感波澜的那一位女神,正在远方等待着你呢。

由于歇笔十年重新恢复小说创作,长篇有了可人意的进展,一弓多少有点兴奋。那天他对我说,他刚过了六十六周岁生日,写到七十五周岁,再写十年。说得挺有信心,眼睛发亮。一弓所住的一号楼为上世纪60年代所建的作家楼,三室一厅八十多平方米,结构挺好;后来它的南面竖起一座四层楼,一弓所住的一楼就难得见到阳光,一弓住房的北面开了一家饭店,就不敢开窗,要不那油烟以及泔水的气味就会进来。一号楼要改造,给一弓重新分配到五号楼的四层上,面积比原先大出二十平方米,多了间房,房龄比一号楼年轻二十年,一弓已装修好,蛇年春节后即可搬往新居。这里有充足的阳光,阳光将洒满一弓的书房,但愿那阳光也洒满一弓的创作,也洒满一弓有爱情的幸福生活。

**2001 年 2 月**

# 张宇找自己

1986 年 1 月,《奔流》约请几位河南作家新春试笔,
张宇有篇《不要老死在庙中》。他胡编了个故事,说是
有个书生赶考,路途中借宿在一个庙里,他怕被偷,睡觉
时和衣而眠,将盘缠当枕头枕,却偏遇到偷儿,把他的盘
缠偷走,换了块砖塞在他的头下,又把和尚的衣帽给他
换上。他醒来,非但找不到盘缠,照照镜子,也找不到自
己了。他就如此这般找自己,终究没有找到,直至老死
在庙中。故事编得叫人笑破肚皮。是用以警策自己和
同辈作家的吧? 寥寥数百言,可谓言简意赅。

同样的意思,在《文学知识》1986 年 2 月号《小说的
谜》中,他说得更加明白:"吸取别人的营养是极重要

的,但不要在自己的身上长别人的耳朵和鼻子,那就非驴非马,四不像了。要把自己和别人区别开来,这区别便是创造,便是风格,便是生命。走得愈远愈有出息。"

对于一个年轻的小说家来说,这是一个了不起的觉醒。他开始有了一个作家应该具有的独立意识。其实,这种觉醒,这种独立意识,早在他 1985 年 3 月写完中篇小说《活鬼》前后,就已经在创作实践上完成和确立。他鬼得很,做完了才说,并不预先发表宣言。

《活鬼》于 1985 年第四期《莽原》发表后,即引起强烈反响。人们看到张宇塑造的一个活脱脱的侯七,也看到张宇塑造了既区别于别人又超越了自己的一个新的张宇。

在张宇的创作历程中,《活鬼》是个隆起的山头。如今,从这个山头回过头去看他的小说创作,虽也迤逦,却都成了丘陵地带了。这篇《活鬼》,才算得上一篇正经八百的玩意儿。

谈张宇的小说,当然要探究他那个丘陵地带,那是他的脚步,他正是从他那个丘陵地带一步一步走来,登上这个叫《活鬼》的高地的。

他从他脚下的那片土地出发。1979 年年末，以《土地的主人》撞击开文坛的大门。这篇以新任生产队长黑子为轴线编织成的故事，传递着农村变革的信息。这个生活故事，粗犷和粗糙、单纯和简单、硬朗和生硬搅和在一起，瑕瑜互见，既显示了他的稚嫩，也证明着他的坚实。这是他的发轫之作，是他升起的第一面风帆，催他开始了文学的远航。

先是为父辈作传，《脊梁》《金菊花》，何等样的苦涩和辛酸！我以为他是用心在写，用对父辈的爱在写，那笔管里必定也掺和着些许泪水吧。艺术上虽可求疵，但你仍不能不承认它们透露着的深沉凝重，还是打动了你。

这是为什么呢？是因为那新生活的情景扑面而来吧。他随即改弦更张，轻歌曼舞起来，《夏夜，在小河边》《河边丝丝柳》《月上西墙》《最后一次约会》《菊花晨》《清凌凌的水》《秋天，桂花开了》《雪还在飘》，等等，月光下，小河边，新时期的幽梦回绕，山村男女二重唱的一个系列，另是一番轻柔甜美的调子：如同饮葡萄酒，自也令人陶醉。这组小说的诗化倾向是明显的，可

140

作为抒情诗来读。得之于清,失之于浅,是它们共同的长短。但也是用心在唱。不可用矫饰之词来对作者加以责怪。

与轻柔甜美这一个系列同步,另有一个系列,"尝尝,它是咸的;想想,它是甜的"。苦而不涩的儿时山村生活的回忆,《鱼》《一串甜甜的泪珠》《那牛群,那草庵》《鞋子》等等都是。这一个系列,未能引起注意。其实,那难忘的童年时的纯净如水晶般的友情啊,也沁人心脾。

甜美的调子唱得腻了,他走出月光下、小河边,把目光射向社会,推出一组问题小说。《管理员的烦恼》因主要情节的合理性值得推敲,而未见成功。《头条新闻》展开了一个善被社会扭曲、美被社会污染的沉重的悲剧,但有思想大于形象的缺陷,初试网状结构,也不得心应手。《境界》开拓了一个老共产党员意识到自己无力再起模范作用而要求退党,以免玷污了党的光荣和纯洁的境界。《桥》则与《头条新闻》相反相成,生动地描绘了金斗老汉为强大的社会道德力量所驱使,由为私修桥到为公修桥的自我完善的历程。在艺术上,此篇浑然天成，较前大有进展。实际上，这些篇章都带有供读者思索的哲理性。将它们称为哲理小说，或许更确切些。这标志着他的思考在向生活的更深一个层次渗进，力图探求生活的底蕴，这无疑是一个进步。

然后，又有《皮包》《书记与小偷》等问世，另是一种轻松自如谐趣横生的调子。《完人》则更是融谐谑与讽喻为一体，有点辣味了。这几个短篇透露着作者艺术上日趋练达的信息。

涉猎中篇这个体裁领域，《李子园》乃试笔之作，接着，就是《活鬼》。

深沉凝重，轻柔甜美，苦而不涩，哲理思索，诙谐辛辣，他不断地改变着读者的印象。他经常变换花样，陆续端出酸甜苦辣各色菜肴供人们品尝，手艺都还不错，口味还都是那么回事。实际上，这里蕴含着这位年轻作家不断寻找自己的许多艰辛。

张宇自己说："四年了。回头看一看身后的脚印是歪歪扭扭的。我写的大都是山里的人和事。虽然幼稚，也可骄傲地说，这字里行间都燃烧着我对农民和土地的火热的感情。写下的是我的热爱和思索，是我的忠诚和心声。"(《张宇小说选·后记》,1984 年 12 月)我相信他说的是真的。早在 1983 年 5 月,河南作协组织的那次沙龙式的"张宇作品讨论会"上,我就为他做过旁证:"从他的作品看,他对他所描绘的生活,是充满着爱恋之情。从这里就可能生发出作品的魅力。我以为这是作为一个文学工作者一个带有根本性质的、很重要的、不可或缺的品质。"他在艰辛的寻找中,确愈益丰富了这种爱恋之情。我以为这应当是首先并不断要寻找的。

那么,还要寻找什么呢?那就是本文开头所引张宇自己提出的课题了。他经常向自己提出新的课题。这个小名叫作憨子的豫西伏牛山里的娃子,实际上每根毛孔都透露着机灵劲儿。又憨又灵,集憨与灵于一身,这才是一种合力。正是这种合力推动着他,脚踏实地,不断前进。无憨,就要飘起来;无灵,则难以迈步。两者缺一不可。

且看他的灵。1984 年,在《莽原》上读过他的《先升华自己》,有一点意思是记得清楚的,他下决心要在小说之外下些功夫,要多读些哲学,多读些杂书,多参加些社会活动,比如多到城市里跑跑,多参加些专门讨论政治、经济的座谈会等等。好一个小说之外！他在这篇文章中,还谈到距离、对比的作用,举例说他要不出家门,就不知道家在什么位置;不出自己的村子,也不知道村子在什么位置。到城市里跑跑,眼界开阔了以后,就知道自己的家、自己的村子在什么位置了。他的有些写山村的篇章是在城市里受到触发才写就的。据我知道,他近两三年来,就跑了华北、华东的一些城市,其中包括他在《活鬼》里涉及的烟台、南京。

这也是一种寻找。

是距离、对比发生作用了吗? 还是受到什么触发? 他终于找到了使他狂喜的《活鬼》。

寻找自己,在我看来,就是寻找自己的那一份创作自由。每个作者都有各自的独特的那一份创作自由,不能互相取代。就是寻找最能发挥自己优势的那种最佳创作状态。且看张宇自己在《小说的谜》中的一段描述:

> 如写中篇小说《活鬼》。我写了十七个开头,
> 算下来已经写了两天,废了几十页稿纸,写败了一

144

万多字。到后来忽然找到了一句话"旧社会有三教九流"，一下激动起来，觉得就是这个味道。结果一口气写下去，四万多字的一个中篇，再没有打住过。而且，越写信心越足，越写越轻松自如，像玩儿一样。脑袋瓜儿也简直像别人的一样聪明起来了。语言也丰富起来，行文时得意地笑着，做着鬼脸，不断弄一些小动作自我欣赏，又一边联想着这部作品的效果和命运的希望，目空一切，绝对的骄傲自满不可一世的样子，就好像要写一部杰作那样了。这种自我感觉的动力，不断给自我燃烧，到写完最后一行。当然，中间别人问起来，那也要装模作样谦虚几句，但内心里十分充实。

这大约就是创作完全进入自由的那种最佳状态了。

漫漫长长一生，飘飘零零一世，明明白白是一个人，又似似乎乎有一个"壳"。荒唐之中说荒唐，且又阴差阳错。人乎？鬼乎？鬼乎？人乎？"活鬼"将告诉人们这一切……

《活鬼》告诉了我们什么呢？

诞生在匪窝里的怪胎，混世在旧中国的魔鬼，在不正常的政治生活中耍奸猾的游蛇。但他也有善的一面。他对与石榴、与胡月萍关系的处理，他与胡月萍合伙冒险搭救杨忠信，他到烟台地区银行当了干部后，下到沿海调查研究，半年不回机关，还编写了本《渔业生产参考资料》，他对银行副行长王建摘掉右派帽子由衷地高兴："只要给王建这些好人卸下来，我情愿戴。能者多劳，我脑袋大，能戴动的，就该多戴些年。"直至小说的结尾，他谢绝接受杨忠信无偿的一百万元的资助，等等，无一不证实着他作为人的善的一面。而且，这个结尾也可看作一个契机，政治生活正常了，他或许会将他善的一面发扬起来。这不是一张平面的剪纸，这是一个立锥多面体，是个圆锥，是个难于归到哪一类的复杂形象。他就是他，侯七就是侯七，就是这一个。

这一个侯七，他一生的看似荒诞实则是实实在在的命运，折射着数十年的世态。反过来，正是这样光怪陆离的世态，造就了这一个侯七。典型环境中的典型性格，这一现实主义的原则，依然有着强大的生命力，并未过时。侯七，不论在认识价值和美学价值上，都算得上一个人物。我斗胆地说，新时期的文学人物画廊里，又增添了一个形象,那就是——侯七。

张宇还为这个《活鬼》成功地寻找到了一个极为相宜的形式,对民间的、民族的、传统的形式的借鉴相当纯熟,内容与形式很是和谐,既可当成小说读,也可作为评书说,雅俗共赏。这就使之能走向更广大的读者和人群。我们的文学,也的确有一个如何走向更广大的读者群的问题在。

张宇在《小说的谜》中还提出过两个课题。其一,是关于主题思想。他不苟同无主题的主张:"事先连自己也不明白是什么玩意儿,怎么好写出来糊弄别人?不能总说自己的东西好,别人看不透是水平低。"其二,是关于小说艺术。"看来小说不能写成'中说',更不能写成'大说'。小说要写成小说。说不准确干脆别说,等到说清楚的时候再细细去说。"

其实,这两个问题,是一个问题的两个侧面,是讲现实主义的另一个重要原则:倾向愈隐蔽愈好,要在情节的发展中自然地流露出来,而不要特别地说出。

这也是寻找。真正寻找到现实主义的真谛,并非易事。在张宇以为,他的《活鬼》大约是和这个真谛握住手了,既不是"中说",也不是"大说",而是地道的小说了。怨不得他又是"自我欣赏",又是"内心里十分充实"了。幸好,紧接着还有句话:"也只有到写完后才泄气,会忽然发现自己写得很差,并不是什么好玩意儿。"可我也得向张宇学一点儿机灵,他这是不是装模作样的谦虚呢?权且存疑。他还说过一句大话:"不相信别人干了的事,俺山里的娃子就不行!"(《张宇小说选·后记》)这句话怕是真的。

山头不是山峰。山峰还在前头。且看你个山里娃子咋从《活鬼》迈步吧。

1985 年 3 月 20 日于民权葡萄酒厂

# 写意王澄

一个卖风筝的小男孩。不是安徒生童话中的卖火柴的小女孩,是50年代中期中国现实生活中,在古城开封街头卖风筝的小男孩,那小男孩约摸十岁,是个在校学生,他在假期走上街头卖风筝。他舅舅送了他一个风筝,他就学会了扎风筝,他扎的风筝工艺粗糙,开头并不好卖,后来那工艺就精细了,还画有图案,就好卖了。小男孩卖风筝并不是为了好玩,是为了挣钱。他的做小学教师的母亲带着他们四个孩子,又要吃饭又要穿衣又要供孩子们上学,缺的就是钱。他的做数学教授的父亲,在他三岁时就去了台湾,隔着大海,音讯全无,不能给这个穷困的家提供任何帮助。

小男孩上中学，年岁稍长，力气也稍长，假期时就去帮人拉车，挣下个学期的学杂费书本费。深深弓腰，头往前倾，拉着重载车的少年的脚步，就将古城开封的大街小巷敲响，一步一响，步步向前，那男孩的汗水浸透衣衫，洒在路上。

这就有了两个意象，一个是向前的，在大地上，艰难地洒满汗珠地一步一步向前；一个是向上的，在白云飘浮或是碧空如洗的天上，那风筝在上升在飘荡，那是童年的放飞的梦想。那小男孩卖的风筝，帮助过多少同龄的孩子放飞过自己的梦想啊。

大地和天空，现实和浪漫，现实在大地上，浪漫在天空中。

那个男孩当然也有自己的梦想。他中学毕业，想去读美术系，他想当一个画家。因为父亲在台湾这层原因，那时，大学的门向他紧闭着。他只能入开封卫校医士班学习。数年后，就被分配到医院工作。这个男孩后来就成为外科大夫王澄。

外科大夫王澄的手术是认真的，也是精湛的。

外科大夫王澄只有一项业余爱好，那就是书法。

悬梁刺股，面壁十年，对书法下的功夫近于服苦役。王澄答访者问。如是说。他又说，书法就是我的人生，除了书法，别无所求。

如此看来，说书法是外科大夫王澄的业余爱好，就显得轻浮了。那分明是他放飞的梦想，是他生命之追求。

1979 年的时候，王澄以康体"鉴真遗志"四字，赢得《书法》杂志主办的全国书法大赛一等奖，与他同时获此殊荣的还有沙曼翁等人。对于王澄来说，可以说是十年修炼终成正果，也可以说是脱颖而出。他赢得了荣誉。这个荣誉，改变了他的命运。也可以说，王澄赢得了他自己为自己安排的命运。翌年，即 1980 年，他被调入开封市文联书法家协会，开始了他梦寐以求的专业书法的生涯。

1985 年，王澄调入河南省文联书法家协会，主持创作委员会事宜。那时我正在省文联扮演主席的角色，却对王澄一无所知，但我相信当时主持书协工作的张海的慧眼灼见。多年过去，如今看来，王澄参与河南省书协的组织领导工作，实在是河南书法界的大幸。中原书坛在80年代初是比较沉寂的,经过张海王澄们的不懈营造,即他们自谓的"书法新十年",如今的河南书法界在全国书坛占据了举足轻重的显赫位置,在中国书法界是言必称河南的,说起当代书法,河南是个绕不开的话题。这个骄傲里面洒满了张海王澄们的心血汗水感情和智慧。他们自己也在这种营造中将自己营造成为书法巨人。对于王澄来说,有两次隐秘的感情波澜要提及。一次是1980年,王澄去北京观看中日书法联展,中方的作品水平、装裱水平同日本相比都太次了,形成强烈的反差。他看完展览,颓然地坐在展厅一角,一种无法名状的羞耻感袭来,王澄想不明白,书法是我们的国粹,日本是学我们的,这展览怎么会办成如此模样?一次是十五年过后的世界反法西斯战争胜利五十周年,即1995年,王澄听人讲了一件事,说中国一个记者采访一个日本人,问"在二战中你们日本人杀了那么多中国人,你有何感想?"那日本人回答说,如果你们不反抗,我们就不会杀你们那么多人。1996年王澄在答访者问时说:"我不知道这个记者当时怎么回答,如果我是这个记者,或当时在场,我一定要马上扇他的耳光,并且扇了他的左脸,让他的右脸也伸过来,还不准反抗。因为他的回答太强盗逻辑。"够激烈的。这两次感情波澜,都赋有强烈的民族自尊的色彩,充实着丰富着饱满着王澄在童年时自己创造的向上向前的意象,仿佛响起着义勇军进行曲的旋律。你以为这与王澄的书法创造书法工作没有关系吗?

从1985年始,和王澄就成为在一个楼上上班的同事,在一个院里住着的邻居。交道交往都不多,见了面点点头简短地说几句,彼此话都不多。虽近在咫尺,不时谋面,也还是属于"神交"之类。说起同住一院,就要顺便说起文联住房紧张,那时只给王澄分得旧楼的一居室,实在是委屈了他。近读《王澄诗文书法集》,却有两首诗是涉及那住房的。一首《喜逢故人》:

> 丙寅四月得文联调配住房,移居之日,恰逢故人看我,小易白诗记之。

> 园田四月芳菲尽
> 陋室花英始盛开
> 莫道春归无觅处
> 分明转入此中来。

一首《书房》：

> 小小书房物外天
>
> 敲诗读画伴流年
>
> 南辕哪得个中趣
>
> 黑白卿卿别有缘。

十多年后的今天我才得以读到这两首诗，阅读心情是复合的，一层是作为单位的负责人没给人家安排好住房，不免惭愧；一层是的确窥见了王澄对物欲的淡然处之，他终于有了一间属于自己的小小书房了，可以敲诗读画伴流年了，可以进入他倾心的黑白世界了，可以进入他的艺术创造了，他看重的的确是精神。一间书房足矣，甚至有点喜不自禁。令人感动。

1995 年获赠《王澄书法集》(荣宝斋)，1999 年获赠《王澄诗文书法集》(河南美术出版社)，都是精美的大书。当然都拜读了。有些是读得懂的，有些是读不懂的。诗读得懂。文读懂了一部分，读不懂另一部分，比如有关书法艺术的专业学术之类，叙述是可以读懂的，但那叙述的内核，总有点隔，以为明白了，其实并不明白，记不住，这就显示出站在书法艺术门外的我的位置来了。1990年5月王澄有一篇《河南历代主要书家记略》，其中也记略了他自己："王澄，河南书法家协会副秘书长兼书法创作委员会主任，以行书为主，兼擅诸体，融汇碑帖而自成家数，并有多篇论文发表。近年来为河南书法创作的普及提高做了大量工作。"平实说来，未置一字褒词。因为是记略他自己。书法同道对王澄则多褒扬之词。1996年末，在北京参加中国文联第五届全委会会议，一次吃饭时与同桌的沈鹏先生聊天。我问及先生对河南当代书法家的印象和评价，先生对河南当代书法评价甚高，对王澄赞赏有加。我就知道王澄的书艺在先生心中的位置。我读王澄的书法，只是感觉好，依旧说不出其中的精细微妙处。

敲诗读画伴流年。还不只是敲诗读画，还广泛地研读古今书论，他祖父就是精擅小楷、行书的书法家和有专著《静宦墨忆》传世的书论家。他父亲虽是位数学教授，也擅书法。两岸关系解冻后，他父亲返乡探亲，曾在跋《静宦墨忆》中写道："余已耄耋，未能继承父好，所失多矣！溯自离乡四十年以还，不堪回首，子孙多改姓氏，音讯无从，存亡未卜，生离死别，历经人间辛酸，今与骨肉拥聚,情怀激荡,固难言倾。然与澄儿做竟夕谈。又喜出望外,其酷好书法,极似祖父,落笔颇有融调真草隶篆于笔端之势……"这就说明了他的家学渊源。他还广泛浏览西方美学。每年一度的维也纳新年音乐会他必定是要聆听施特劳斯的。还大量阅读文学作品,不论古今中外。有机会也出去走走,游览山川,融入自然,触景生情,每有诗作。他还是个不错的围棋手,未知段位若何。王澄大约就是靠着这些养着他的书法,他的书法的神韵和灵性。

王澄的书法,书写的多是他自己苦吟的诗作。亲情、友情、对国家对社会的忧患之情,在他的诗作中也每每有所反映。写母亲的就见到三首,其一:

　　明窗净案小书房

　　父子谭棋母坐旁

　　妙算轻敲无限趣

　　新茶却误几回凉

　　——《母爱》

其二:

　　壬申六月二十四日,母亲溘然病逝,谨以此寄

156

我哀思。

日月冥冥和泪霰

茫茫大地垂青幔

西沉婺宿思千愁

夜冷慈帏肠寸断

懿德永怀无尽时

恩情未报有余怨

苍天容我守瑶台

膝下堂前常侍伴

——《悼母》

其三：

母亲逝世已近半年，哀思未减当时，每至夜静，
泪水常不能遏。

宵深最怕上楼台

慈影依稀梦亦哀

已惯慈怀忧冷暖

谁忧冷暖问蓬莱

——《思母》

悼念他的朋友画家李伯安，王澄有诗云：

> 天道安在，
>
> 人生半途何故去，
>
> 画坛悲哉。
>
> 事业未竟盼归来！

另有《无题二首》，透露出他的忧患之情。其一：

> 酬应三巡浊酒
>
> 归来一泡清茶
>
> 夜半何难入睡
>
> 翻身借问窗纱

其二：

> 不尽红灯绿酒
>
> 无边玉宇琼楼
>
> 都道醉生梦死
>
> 谁言国是民忧

亲情、友情、忧患之情，以及前面说及的民族自尊之情，传达出王澄作为一个人的情感世界。王澄在《三合书屋随笔》中，曾引用罗丹的话："在做艺术家之前，先做一个人。"还引用过莫扎特的话："活在这可爱的尘世同样是美好无比。既然如此，那就让我们做人吧。"王澄就是这样一个人。

打开《王澄书法集》，便看到他自己所写的简短前言，他说："我在书风上的追求，固执得近乎愚顽，拾人牙慧的事绝不干。于是，自己把路搞得很窄，常感步履维艰，但我确信这是一条自己的路。"他又说："我不知道别人是如何投入创作的，只知道自己是花费了全部的心血，熔铸了全部的感情。大概正因为如此地认真，如此地虔诚，作品反倒失去了应有的自然和天趣。然而，'心境双忘''归于平淡'谈何容易，自己的修养、气质使然，也颇无可奈何。"

王澄不时有诗记述他的艺术追求和创作心境，暂抄录三首与读者诸君共同品味。其一：

窗前黄叶又秋声，

废纸三千体未成。

得失由来身外事，

但凭翰墨寄真情。

其二：

百炼工纯恨未新，

衰年变法性情真。

千般物象心裁得，

道化天开自在身。

其三：

醉我书房古砚情，

新茶细品素琴横。

荣华利禄随来去，

事到无求意自平。

王澄就是这样一个书法家。多少窥见了一点作为一个人的王澄的情感世界和作为一个书法家的王澄的创作心境，再来读他的书法作品，他的行草隶篆，以及为数不多的现代书法，就仿佛看到了王澄的生命之舞蹈。诚如扬雄所说："书者，心画也。"

自 1985 年以来，连任三届中国书协理事、创作评审委员，自那时以来，都以评委身份参与历届各类书法展览，又荣任《中国现代美术全集》书法卷编委，都说明着王澄在书界的学术地位。主编《中国书法全集》康梁罗郑卷和于右任卷，则透露出王澄做学问的消息。王澄说过，年轻时比才气，中年时比功力，晚年时比学问。虽然多了皱纹虽然添了白发，也才五十有五，不可妄称晚年吧。

王澄说，书法进入市场，金钱的诱惑力大得难以抗拒，我也从不费心操作，而是顺其自然，顺手牵羊，以作品换几个铜板，我知道，若贪婪于此，将以失去艺术为代价。

顺其自然，顺手牵羊，如今，王澄有了车和房。听说他在某小区购得一底一顶两套住房。为什么要一底一顶呢？一底，不可离开大地吗？脚总是要在大地上向前行走的。一顶，尽可能近地去抚摸天空吗？抚摸那依然在放飞着的梦想。生活派定王澄在童年和少年时所创造的向前向上的意象，将伴随他终生。

原来的标题是想《捕捉王澄》的。他在书法艺术的门里，愈走愈远，我在书法艺术的门外，此生也难于进得门去了，我捕捉不到他。他的书法艺术让书法评论家去评说。捕捉不到，那就写意吧，当然只是我感觉中的王澄，与本真的王澄可能毫无关系。那就请王澄多多见谅。

2000 年 8 月 14 日

辑五　杂拌

# 晕眩

　　那年春天某日,去南阳汉画馆,拜访那些石头精灵。仿佛能感受到他们的呼吸,倾听到他们的诉说。是因为我也穿过时间隧道了吗?

　　日月星辰,远古神话,神仙皇帝,历史故事,山川河流,飞禽走兽,天上人间,各色人物,如此广阔,如此浩瀚,天地人神兽,压缩了的整个宇宙! 我感到晕眩。——面对整个宇宙,你能不晕眩吗?

　　我就这样晕眩地趔趄在石头精灵们的中间。

　　日月星辰照耀着我,我挺快活。受到平等待遇的快活。神仙皇帝不想理我,我不在乎,就没想和他们套近乎。

　　晕眩着,趔趄着,身后仿佛有点什么感觉,好像有人在扯我的衣襟。回头看,是这个双手合在一起向前伸出的孩子吗? 你被一个长者抚着头,他是你的什么人? 啊,那长者还搀扶着一位不能自持的女子。我隐约听到了那女子压抑着的呜咽。六匹马的嘶鸣,几乎将那呜咽淹没。那个戴冠着袍执笏的人物是谁呢? 竟敢挡驾! 挡驾喊冤吗? 何等冤枉? 扯我衣襟的孩子,痛哭欲绝的女子,我能帮你们什么呢? 我能……我晕眩。

另一个女子绝望的呼救声从另一侧传来,我迅即转过头去,看见一头猛虎和另一头长着翅膀的猛虎将那呼救的孱弱女子扑倒在地,正要将她撕裂,一头熊正手舞足蹈地导演着这幕惨剧。我心惊肉跳。我目瞪口呆。弱肉强食,这样多的不平啊……撕碎这个女魅,叫她永世不能祸害这世界! 嚼烂这个旱魔,不要剩下一点骨头渣! 是天籁的声音吗? 在提醒我。哈,呼救? 声音的包装。孱弱? 姿态的包装。却原来全是包装。包装叫人晕眩。

跪倒在齐景公脚下的晏婴在说什么,是在数说年轻的养鸟人烛邹的三条罪状吗? 正面文章反面做。养鸟人得救了。礼治得救了。你机灵得可爱。你赢得了世人的敬重。这也是晏婴吗？想开溜的一个卑下的侏儒！用两只桃子就杀死三位勇士。我的无谋的三勇士哟。"步出齐城门，遥望荡阴里。里中有三坟，累累正相似。问是谁家墓，田疆古冶氏。力能排南山，文能绝地纪。一朝被谗言，二桃杀三士。谁能为此谋，相国齐晏子。"你诡诈得可恶。你赢得了世人的唾骂。晏婴是两面人吗？叫人晕眩的两个晏婴。

割去自己的鼻子，剜掉自己的嘴唇，毁了自己的面容，没有听到呻吟，然后自刎。刺杀了韩国奸相侠累后，你对自己的处置如此从容。你不想让人知道刺杀奸相的人是你，你怕连累了你孤苦无依的姐姐。你姐姐呢？不在画面上。可是，我明明看见你姐姐聂荣走来了。来到你的已冰冷的躯体的旁边，向围观者大声地反复地说：这是轵城深井里村的聂政啊。她将眼泪哭干，就躺在了你的身边。于是，人们便知道轵城深井里村的杀狗人聂政是刺杀奸相的英雄。侠累肯定是你杀掉的最后一条恶狗了吧。你就如此壮烈地完成了自我。你姐姐就这样悲壮地完成了自我。这是怎样的句号？人的句号，全是自己画的。血往脑部集合，这也叫人晕眩。

晕眩中,看见从易水边来的正与秦王作生死争斗的壮士荆轲,手足无措的懦夫秦舞阳。那包裹里包着的使秦王大喜的樊於期的脑袋呢?

在晕眩中趔趄着,听到了震天地的鼓声。于是,我也手之舞之足之蹈之,好像往前冲刺。丝弦之声又隐约入耳。哈,短命小儿许阿瞿,你还能听到这音乐吗? 你还能看到这表演吗?

一幅无声的画像。挺鬼魅。挺诡秘。琢磨良久,晕眩良久。幸好有晁错在旁白:因其富厚,交通王侯。这就是贿赂喽。也是古已有之的了。

鸿门宴。项庄舞剑,意在沛公。又看见你们了,诸位。

从时间隧道里回来。我趔趄到馆外。外面是春天的阳光。这是羿射九日之后留下的那第卜个太阳。嘿,灿烂,辉煌。我沐浴着这辉煌灿烂的阳光和清新的空气。以呼吸代替思维,好像不那么晕眩了。

晕眩之后,会有感悟吧。

什么时候再去南阳汉画馆,再去晕眩一回。

1991 年 7 月于鸡公山

# 对花甲的误读

六十岁的时候,我从河南省文联主席这个职位上退下来。那是 1991 年的 5 月下旬。在文代会上,按照惯例我当然有个报告。报告完了我在这个职位上所应尽的责任,也就画上了句号。选举完毕,有些作家艺术家拉着我在会场的侧厅里照相。会议结束后,又有电话打来的,有来家小坐的。我统统了解朋友们的好心,他们想填补一下他们想象中的我的失落感。朋友们暂时还不知道我的感觉与他们想象的恰恰相反,我什么也没有失落,我得到了许多许多,六十岁以后的时间全由我自己自由支配了。好久以来,我就有这样的想法:只有告别文坛,才能走近文学。意思是只有从繁杂的事务中解脱出来,才能安静地坐在案头。朋友们应当为我高兴才是。

文代会结束后,这年的 6 月,我就由郑州西行去登华山,是想试一下六十岁的腿脚,还能登华山吗?还能登多高?那个夏夜,先是月光皎洁后是暴雨袭来,我和三个年轻朋友用了五个小时在雨中于夜半登上了北峰。翌日清晨,在北峰与初升的太阳合影后,就又继续进发,到五龙岭下,我感到体力不支,只能目送年轻的朋友们往蓝天白云处登去,心里有些羡慕也有些嫉妒。腿脚的确不如七年前的1984年秋登黄山时那样矫健那样轻捷了。能到五龙岭下,自己对自己就也还基本满意。

从华山回程时,在三门峡东二十五公里处,我们乘坐的黑伏尔加车前盖上冒出蓝色的火焰,将车紧急靠在公路边,我们紧急捧着公路沟里的土灭火,大家一起动手,也就将那火焰压了下去。伏尔加死寂地停在路边,如一只受了伤的大甲壳虫。司机朋友说,刚在三门峡加满了油,这火如蔓延连通到油箱,咱们就和这伏尔加一起上天了。我们坐在公路边路沟的沟沿上,看着这受伤的黑色大甲壳虫,抽着烟,你一言我一语地就这次汽车着火事件编织起小说来,越编越神奇。我说,小说的标题就叫《"火"车幽默》,由我来写,算是我的专利。我虽占着这个专利,这个小说却至今仍未动笔。当时想,本命年大难不死,命运总还有安排,大约是安排我写点什么吧,心里就特高兴。

一位女油画家,为文艺界的人士画了一些肖像画,她要举办画展时,请每位被画的人士在自己的画像下面题句话。我就信手写了一句:"给我六十岁的大脑,给我六岁的童心。"虽然那时已活到了六十岁,有没有六十岁的大脑我不知道,六岁的童心则是我特别渴求得到的。固执地认为,一个人童心泯灭了,大约就难于搞艺术。

一位记者来访,问我退下来后在创作上有些什么想法。想法还不好说?我就说了。那记者听得挺有滋味的,大约听出了我误把花甲读成了花季的意思,后来见报时的标题就成了《寻求一个花季》。

1992年,河南省作家协会举办新人新作奖,要我这个闲人做评委会主任,我虽已终于告别文坛,但还乐于为年轻朋友的创作做点事。在颁奖会上,因不再担任什么职务,说话就随便,大意是说,今年六十一岁了,想把这颠倒过来读成一十六岁,不知如何,就也用了那报纸上的标题:寻求一个花季。说得获奖的年轻作家们感动地笑起来。

有时候误读比正读要好。许多朋友见了我都说你年轻多了。我自己也觉得是。

1994 年冬

# 陈年旧事

那天,诗人邓万鹏打电话来说,他逛旧书摊时发现了一本上世纪 50 年代中期出版的《人民文学》,上面有我的《检验工叶英》,排在小说栏目的头题。问我还存放着这期杂志否?如果未存放,他就买了给我寄来。经过那么漫长的岁月,经过那么频繁的运动,我怎么可能会存放这期杂志呢?于是,在某一天我就从我的信箱里收到万鹏寄来的这期早年的发黄的与我有点关系的杂志。

是《人民文学》1955 年 8 月号,总第七十期,十六开本,繁体竖排,扉页目录四个页码,内文一百二十四个页码。封面上还盖着某单位图书室的印章,看不清楚是何单位。占了三码的目录,除四题画页外,文字部分共排了二十七个篇目,其中小说、诗歌、散文、特写等作品十七篇,批判文字十篇,占去内文总量三分之一之上。批判谁呢?批判胡风及其"集团"。

这十篇批判文章目录占了开头的一页,抄录如下:《谈〈洼地上的战役〉的反动性》《胡风反革命集团的"诗"的实质》《批判阿垅的反动的诗歌"理论"》《鲁藜的反革命诗歌》《〈安魂曲〉——反革命的毒箭》《胡风在新人物幌子下的反革命阴谋》《关于鞭子的杂感》《纵火·杀人与从理论上去作挖心战》《不要忘记》和《坚决肃清胡风集团和一切暗藏的反革命分子》(读者来信来稿综述)。这些文字的作者,多为我所尊敬的大师级的作家、诗人和著名教授。这些批判文字的作者,在反胡风运动之后相继而来的反右派、"文化大革命"等运动中,多也遭受批判,不单触及灵魂,也触及了皮肉,被整得死去活来。在1955年反胡风时他们撰写这些批判文字,或真诚或违心,总是被那运动的风暴席卷而来的。他们在理直气壮义正词严地撰写这些批判文字时,可曾料到类似胡风的命运正在等待着他们。如今,他们中有些已经去世，在世的也达耄耋之年，这些老者早已作过痛苦的真诚的忏悔，因为这忏悔，就更受到像我这等晚辈的衷心的尊敬。因此，也不全是为尊者讳的原因，时至今日，实在没有必要再将那份批判文章作者的清单开列出来。

在这本旧杂志上发表小说《刘二和与王继圣》的赵树理，发表诗歌《哈萨克牧人夜送"千里驹"》的闻捷，这两位杰出的作家和诗人，都在"文化大革命"中被迫害致死。上世纪70年代末，小说家戴厚英曾据闻捷之死的素材，写成长篇小说《诗人之死》。戴厚英于前几年某天惨遭飞来横祸不幸身亡。人的生命有时真是很脆弱的。

1955年，1955年8月，那个8月有生命消亡也有生命诞生。我在哪里呢？我在河南省文联，那时河南省会由开封迁来郑州不久，省文联在行政区二十四号楼办公，那时单位里人少，家属和单身的宿舍也都安排在这座三层结构的办公楼上。我那年二十四岁，是被信任的年轻的共产党员，可以说是反胡风运动的积极分子，当年的《人民日报》陆续发表了三批有关胡风及其集团的材料,我的确真诚地相信挖出了一个暗藏的反革命集团。记得我在当年也曾写过两篇批判短文,都发表在河南的报刊上。这两篇短文,不论出于什么原因,都是我文字生涯中的耻辱,它们散落到哪里去了呢? 还能找得到吗? 不管散失在哪里,不论能找到否,我都将在记忆里刻记下它。

由1955年前后延伸开去,想起自己的50年代,也有意思。1950年我到河南省文联,当年入团,1951年做团支部书记,1952年入党,1955年是反胡风运动中的积极分子,1957年反右派运动前期曾参加领导小组,1958年年末被划为右派分子,1959年年初出发去大别山区接受劳动改造。这就是我的50年代,我的50年代的十年,真有点荒诞剧的意思吧。人的社会角色,有时就是社会派定的。

我翻阅这本早年的发黄的旧杂志,就是翻阅历史,翻阅遥远的逝去的已变得模糊了的年代。这些伤心事,不是哪一个人的,也不是某个莫须有的"集团"的,而是整个国家的民族的伤心事,时代的伤心事。是这样的吧。我翻阅这本旧杂志,的确唏嘘不已感慨万千。

坐在书桌前唏嘘感慨,阳光正透过窗户温暖地照耀着我。

2001 年 10 月

# 人往高处走

写下这个题目就想笑,七十有一,年过古稀,还往什么高处走,还能走到哪个高处去哟?老夫聊发少年狂,难于逃脱作秀的嫌疑的。

从岗位上退下这十多年来,承年轻的朋友们不弃,还不时会给我发来参加文学活动之类的邀请,与在位时不同,那时有各种繁杂事务缠身,对这种邀请常因身不由己只好婉拒,如今得闲暇,就乐意去活动活动身心。如果那活动又安排的有山可爬,就是我最乐意的。仁者乐山,智者乐水。不敢说自己是乐山的仁者,喜欢爬山就是了,因为据说那是对身心大有裨益的有氧运动。

约略算一下,这十多年来,借参加文学活动的机会,还真爬了不少山,有陕西的华山,山东的腊山、梁山(去过两次),河南境内伏牛山系的老界岭、石人山、鸡角尖、宝天曼,太行山系的云台山、五龙口、九里沟(去过两次),大别山,还有孤立地生长在遂平县境内的大盆景似的嵖岈山。说起嵖岈山,人们会想起中国当代史上第一个人民公社——嵖岈山人民公社,公社已成为任人评说的历史,嵖岈山依然玲珑地灿烂地花香鸟语地亭亭玉立在春风夏阳秋霜冬雪里,在冬季,嵖岈山也苍翠葱绿。

或高或低,或大或小,或险或奇,或雄伟或小巧,或壮美或秀丽,没有一样的山,但那爬山的感觉却是一样的,就是攀登向上的感觉,人往高处走的感觉。当爬上山之巅,喘吁稍定,任山风吹拂着乱发,任云雾缭绕着汗水未干的衣衫,极目向四周远眺,略嫌矮的远山近山都在云里雾里,那感觉真是好极了。我站在高山之巅,这高山之巅就在我的脚下,人比山更高,想起那句不知是谁说的哲言:没有比人高的山。这感觉能不好吗?

六十八岁时,去参加一个青年诗歌学会的活动(青年诗歌学会!),那活动安排在栾川县龙峪湾森林公园,其间有一个登鸡角尖的项目，鸡角尖海拔两千二百余米，号称中原第一峰——第一峰，意思就是中原最高的山峰了吧。1999 年，一个千年的末尾，暮春天气，花正红叶正绿，那天的精气神特足，爬山的中途听到劝说，老同志，山都差不多，不爬了吧。我笑笑，不听。就在这里坐坐吧，别爬了。不听，我笑笑。我终于爬上了那山顶，两千二百余米的鸡角尖顶，于是就有了我方才说的那种感觉。据说，这个项目有些青年诗人也未完成的。那天的感觉不知为什么那样好，下得山来，竟然腰不疼、腿不酸。吃饭时，县里的同志赞叹说，中原第一人登上中原第一峰，说我是登上鸡角尖最年长的人。我心里美，将敬我的酒一饮而尽。

七十岁时，2001 年，新世纪的开头，去登被誉为珍稀植物园的宝天曼。曼顶海拔一千八百多米，同行的是参与宝天曼笔会的人们，一位年轻的县委副书记陪着我，说什么时候累了，咱就一起下山。不知什么时候那位年轻的副书记就不见了，直至爬到曼顶也再未见到他，先期和之后陆续登上曼顶的青年男女们向我祝贺为我高兴时，我也为自己的心肺功能和腿脚力量暗喜。

正想着今年怎么还没人来邀请啊，今天，2002年4月13日，上午，太行山里来人，邀我再去看看红旗渠爬爬太行山；下午，伏牛山里来人，是我三十多年前插队接受贫下中农再教育的那个山区乡、村两位书记，请我回去看看变化，说是新开发了龙潭沟旅游区，一年有十多万人来参观呢，很值得看看。好啊，又有山可爬了，又有机会去试试心肺和腿脚的功能和力量了。

人往高处走，人到这般时候，高官、高薪都不必去想了，高兴、高龄还可以想一想的，有山爬时只须爬，能爬多高就多高，也不必奢望创造什么吉尼斯纪录，只要自己高兴就行，只要那感觉美妙就好。腿脚能动时不要叫它闲着，老闲着就退化了不是？

2002年

# 羊年流水

羊年又来。我的羊年。

我拥有多少羊年了？盘点一下，也有意思。

1931 年，我呱呱坠地。我记事时听妈妈说，那一年淮河发了大水。那一年，发生了日本军国主义侵略东北三省的九一八事变。"九一八，九一八，从那个悲惨的时候……"我就于"那个悲惨的时候"的第二日来到这个悲惨世界。

1943 年，十二岁的我在读初中一年级，我未读小学六年级，跳级直接考入初中。穿着妈妈做的新布鞋走在去中学的路上，脚步轻捷，脚步就是心情。我们那里是沦陷区，原在一家电厂做职员的父亲，不愿为日伪做事，自家开了个卖烟酒酱醋的小铺维持生计。记忆中，儿时从未买过鞋，总是穿妈妈做的鞋。七岁时，我几乎死于一个日本侵略军的枪下，仇恨的种子在我心中发芽。

1955年，二十四岁的我当然早已成年，而且已是有了六年工龄的新中国的文学工作者，单位里的新民主主义青年团支部书记，入党已三年的共产党员。我为年轻的共和国工作，可以说朝气蓬勃意气风发。这年发表的一篇小说受到广泛好评，收入高中文学课本，入选多种选本，还被译介到国外。如今她站在《中国新文学大系》里，我害怕年轻的她凝视着我的眼神，并不敢轻易与她照面。本年得一子，一只小羊。还要铭记一件可耻之事，在这年的反胡风运动中，我是积极分子。

1967年，"文化大革命"第二年，打、砸、抢、抄、抓，无法无天，空气中弥漫着恐怖，整个中国都疯狂。我被小报列入牛鬼蛇神、平反右派、反动文人云云。家被抄，藏书中的经典文本和多年积累的资料悉数被席卷而去。这就是我的三十六岁，我的灾难之年、伤心之年。此前一年即1966年，得一女，也算是生于忧患了。

1979年，参加了全国第四次文代会和中国作家协会第三次代表大会,聆听小平的祝词,百感交集。会上见到许多二十三年前一起参加第一次全国青年作家会议的朋友,命运与我相似,多在反右派和"文化大革命"中受过折腾。二十三年过去,弹指一挥间,依然是晴朗的天。欢乐涂抹着沧桑,人就也依然年轻。不是说"减去十岁"吗?减去十岁,减去十岁……开会期间,某编辑部召开青年作家座谈会,我们这些当年的青年,如今已半百左右的准老汉、准老太其中不乏做了爷爷奶奶的也应邀与会,合谋演出了一出幽默剧。这年年初,发表了一篇自以为得意的小说。四十八岁,感觉不错,心情蛮好。

1991 年,我的花甲之年。省里开第三次文代会,我在会上有个报告,那报告当然是有题目的,忘记了,就是例行的回顾与展望。这也是我的一个告别报告。这次会后,我从待了八年的文联主席这个岗位上退下,真的是一身轻松。会后十数天有次出行,去登以险峻著称的西岳华山,是想测试和锻炼一下自己的心脏和腿脚。我有《华山的诱惑》一文记述那次华山之行。从那之后,我成为一个登山爱好者,而且渐次进步。

2003 年,台历上提示是农历癸未年。我出生的 1931 年是×未年?我拥有的羊年都是×未年?没有在意,也不想去一一核查了。反正都是羊年。这个羊年是新世纪的第一个羊年。旧世纪的羊,趔趔趄趄地就到了新世纪了。说趔趔趄趄也不确切。去年,2002 年,新世纪的第二年的酷暑时,随年轻的朋友们去白云山,那天带上干粮登玉皇顶,据说海拔在三千米之上呢,下得山来已近黄昏,用罢晚餐,随着音乐声响起,照样快三步飞舞旋转。这样的腿脚,好意思说是趔趄吗?

这日子,一个羊年一个羊年地过去,不觉间,小羊就变成老羊了。一个羊年与一个羊年之间,是既不漫长也不短暂的时光,在这时光的皱褶里,当然还藏着一些故事,且待来日慢慢道来吧。

问我在新的羊年到来之际有何希望,我希望除了这个羊年之外,再拥有一个再拥有两个羊年,如此,就可以亲历正在建设的全面小康社会了,那感觉一定是好极了。至少我还可以喝彩。——据说我的嗓音共鸣不错,挺浑厚的。

**2003 年**

# 糊涂

人活七十古来稀。我就属于古稀一族。

古来稀此话，国人都如此说，由来已久，就也跟着说。此话源自何处，何人于何时所说，对这最初的"版权"，也懒得去查考了。想来是自古就流传的。

如今又流传一句：人活七十平常事，八十九十不稀奇。

却原来还是平常一族。要想成为珍稀成为稀奇，则是：革命尚未成功，同志仍须努力。努力到何时呢？百岁吧。因为八十九十也不稀奇嘛。

古来稀说的是一个时空，不稀奇说的是一个时空，两个时空一比较，就比较出人的生命的长度不同来了。

据权威统计,共和国建立以来的半个多世纪,人的平均寿命增长了一倍,这就反映了社会稳定、生产发展、生活改善、健康水平普遍提高的状况。我就也算幸逢其时了。

毕竟是岁月不饶人,体力衰退也是不争的事实,比如我在三十岁时,曾一顿吃七碗面条,一肩挑二百四十斤行五里路不歇肩。这种昔日的辉煌不会重现了。有时想,知识分子工农化,从某种角度说,也并不像想象的那般艰难。

虽然衰退,路还是走得动的,车还是蹬得动的,山还是爬得动的,书报杂志还是读得动的,电视还是看得动的,歌还是唱得动的,舞还是跳得动的,字也还是码得动的。

能码动字,就是一种幸福。却又不愿经常享受这种幸福。码字不仅要用手,还要用心,就是用脑吧。脑怎么了?常不大想用它。这就是疏懒吧?有好心朋友进言,脑可是要常用的,常活动活动,防止迟钝和痴呆。迟钝痴呆都不是我想要的,于是,坐在案前,除了读报看书翻杂志,有时就也偶尔做码字状,多是短文,意在脑的锻炼和活动。

前一阵子，忽几日，脑子有点发烧，就想多码些字，写长一点的文字，让脑得到更多的活动和锻炼，岂不可以将那不想要的迟钝痴呆推得离自己更加远些吗？当然是写自己熟悉的。活到这般时候，即使再孤陋寡闻，总也是有那么一点阅历的。小说。虚构。设置了个主人公。人物有个原型就方便得多。我最熟悉的当然就是我，那么，就以我为这设置的主人公的原型，岂不妙哉？写着写着，就有点生涩就有点艰难就有点恍惚就有点……怎么说呢？干脆说吧，遇到了障碍，难于逾越。问题好像不是出在文字表达、结构叙述这些技巧层面上，问题出在——原以为我最熟悉的我变成了我不认识的我了。我不认识我是谁。我不知道我是谁。我对于我成了陌路人。对着镜子中的我，我问：我是谁？那镜中的我，同时也问我：我是谁？

回想成年后的这半个多世纪，或者生命处在旺盛时期的这三四十年间，一会儿是左派，一会儿是右派，此一时为动力，彼一时成对象，正面人物反面人物，角色转换频频，让人无所适从，徒唤奈何。

左派右派动力对象正面反面,都是社会派定扮演的角色,个人意愿在社会派定面前软弱无力,没有发言权。那么,如今将这些油彩洗净,可以回归本真的我了吧。本真的我,何等模样? 还有本真的我吗?

于是就想(是我在想吗?),不只是迟钝,不只是痴呆,是糊涂了啊。连我都不认识我了,还不是糊涂吗?彻头彻尾彻里彻外的糊涂,彻底糊涂,一塌糊涂。

有些人老了,洞察世事,超越一切,愈老愈清醒智慧聪明。

有的人呢,比如我,开头还说了个中性词:古稀一族,后又高估了自己说是平常一族,说到底,是糊涂一族啊。

2003 年

# 伤心足球

巴林那个凄清冷寂的麦纳麦足球场,中国国奥男子足球队与巴林国奥队比赛终场前几秒钟,中国国奥男子足球队守门员陈东抱头跪倒在自家的球门前。在电视屏幕上看不清楚这位守门员是否有眼泪。

0∶1告负,宣告了中国国奥男子足球队再一次冲线彻底失败。悉尼奥运会上将不会出现中国男足球员们奔跑的身影。数年筹谋,数年磨炼,数年积存的壮志豪情,千百万球迷的狂热希望,又是毁于一旦,付诸东流。

真是叫人伤心哟!

这种伤心已经重复多次,诸如什么"黑色五分钟"之类,也记忆犹存。我看中国男足冲线,黑发人看成了白发人,依旧停留在伤心之地。时光流逝,伤心未改,对此等伤心也就可以略为宽容地对待,平静地接受和淡然地处之了,是那伤心处已经结了疤痕吗?

那天夜晚,我独自面对屏幕,独自面对巴林那个冷寂凄清的麦纳麦足球场,看中国队冲线的最后一役中巴比赛,听黄健翔的激动不起来的压抑的现场解说,直至看到陈东抱头跪倒那个刻记在我心中的镜头,直至听到裁判的终场哨声吹响。那终场的哨声听来如同丧钟,又一次将中国男足冲出亚洲走向世界的梦想葬送。我咕哝了一句:"可怜的孩子们啊!"这的确是我当时所想,是我即兴心声,我将它小声说了出来,虽然我知道除了我自己谁也听不见。随后,我按动关闭的按钮,屏幕一片黑暗,房间也一片黑暗。黑暗中我点燃一支烟,就让我独自在黑暗中待一会儿,就让我在黑暗中独自吸支烟,平复一下心情,什么也不要去想。

不想还不行。我没有找到那关闭脑屏幕的按钮,许多有关中国国奥男足此次冲线的种种想法,杂乱无章地拥到脑屏幕里来,我关闭不住。

主裁判判给巴林队那个禁区内的任意球,的确是误判,明明是对方球员干扰我方守门员发球,该判巴林球员犯规的,却判成我方守门员延误时间,恰恰判反了。若不是这个误判,这场球就是平局了。平局又怎样呢?还是挡不住韩国队出线。只有大比分胜巴林,巴林又大比分胜韩国,中国才有出线可能。再想这些还有什么意义呢?什么意义也没有了。

中国国奥的前五场比赛当然也都看了。在韩国客场0:1败北,输得憋气,从场面实力对比看,中国并不差,好运总是伴随着韩国。主场对巴林,2:1胜出,李金羽的两个进球真有灵气。10 月 29 日主场对韩国,是在四川绵阳的一家宾馆看的,我当时正在四川参加中国作家协会组织的一个活动。那天我们去江油看李白纪念馆,傍晚时才到绵阳。进绵阳前汽车要清洗,就在这洗车的空隙,某刊物的副总编打开手机,拨通先行离开我们这个采访团飞上海去报道中韩之战的《中国体育报》的一位报告文学作家的手机,询问有关中韩之战的事宜。这位副总编通话后转告大家,说是据称中国球员心态平静,已做好准备,一般估计可能会2:0胜出。一位小说家道，与他的估计相同。一位杂文家持审慎态度，以为会一比一踢平。大家争论一番。在宾馆住下，抓紧用餐，不用约定，就在房间里等着看中韩之战。还都是球迷啊！球赛开始，就有一位刊物的主编张罗着集中到一个房间里看，说是在一起看有劲，并且说不吸烟的人已经允许吸烟的人尽可吸烟。于是就集中到一个房间，椅子上床铺上横三竖五地屏息观看，不时还要加上些议论和批注之类的话语。最终比赛结果，竟被杂文家不幸而言中。于是，诸位都哑了。

但是，在理论上，中国出线还是有可能的。麦纳麦足球场上残酷的实践就把这理论也粉碎了。实践比理论无情。

守门员陈东的那个定格在心中的镜头，反映了中国国奥男足健儿们的伤心。他们伤心呢！汗水白流，壮志未酬，梦断巴林，能不伤心吗？他们是尽力了，不要责怪他们。中国男足的冲线征程是如此悲壮啊。那就等着看国家队参加的世界杯外围赛，等着看下届奥运会预选赛。反正还有时间，希望还在前头。

这事情也就过去了。

不想,前些天媒体报道说,中国体育界最高领导人就国奥队出线失败之事接受采访,发表了一篇超脱的高谈大度的阔论,那高谈阔论说,不出线是正常的,出线是不正常的。并引申发挥说,人家发达的西方人均收入三万美元,我们是七百美元。我们吃的不如人家。我们足球的历史、足球俱乐部的历史都不如人家,云云。旨在抚慰国奥队员们那受到伤害的心灵吗?旨在为中国足协开脱责任吗?如果按照这位体育界领导人高谈阔论的逻辑,那么,中国女足获得世界杯亚军将作何解?中国女子举重队集团式地创造世界纪录又将作何解?等等,等等。

还要不要球迷关注世界杯外围赛中国足球队之命运?还要看那个属于"正常"的不出线吗?

突然觉得,球员们的汗水,教练们的心血,球迷们的热情,全叫这番超脱的高谈大度的阔论给涮了。这番高谈阔论才真正是中国男足的伤心之处。

伤心的中国男子足球哟!

伤心足球。

1999 年 11 月 18 日凌晨

# 球痴呓语

足球世界杯 1930 年开始举办，我得知此信息，才乐意于 1931 年来到这个叫作地球的星球之上。地球上有足球比赛好看。

在高中读书时，我当然是十五岁至十七岁的少年，且不说翩翩。那是一所天主教办的学校，教会学校，有神甫的。记得有一位意大利神甫，我们叫他明神甫，我还记得他保养得很好的高大健壮的身材，戴着眼镜挺有修养的风度。之所以记住他，因为两件事：一件是就上帝是否存在我曾与他展开辩论；另一件是明神甫肯定是个足球运动员或者爱好者，他组织了一支足球队，叫作明明队，我们的体育老师耿老师也组织了一支足球队，叫作耿耿队,当然都是男足。我与明神甫在上帝的问题上意见不合,我就只能在耿老师的麾下。耿耿队与明明队曾打过一场比赛,没有草地没有绿茵,比赛就在学校的操场上进行,尘土飞扬狼烟动地,厮杀得甚是激烈,胜负却记不清了。也可叫作中意之战吧。我在进行中意足球大战时,米卢那时候才是个两岁的南斯拉夫小男孩,他未必知道那个圆圆的可以滚动的玩意儿叫作足球。

说是为了看世界杯才来到这个星球上,真正看到世界杯却是在四十七年之后了,1978 年的世界杯,我蹭着别人的黑白电视机看过一场,克鲁伊夫的门前铲射给我留下至今难忘的印象。1982 年的世界杯就可以在自己的彩色电视机前看个够了,罗西的门前冲顶,绝妙绝佳,精彩绝伦。央视近日公布的世界杯以来的十佳镜头竟将克鲁伊夫的铲射、罗西的冲顶漏掉,敝人实在不敢恭维。

历届世界杯不用说,还有欧锦赛、美洲杯、亚洲杯、意甲、德甲、丰田杯、省港杯,以至咱们的甲 A 甲 B,一个也不能少。有朋友批我,破甲 A 甲 B 看它作甚? 习惯了,没办法。就像难于戒掉烟瘾一样,也很难改变这个习惯了。

精彩的足球赛,进攻,突破牢不可破的防守;防守,化解锐不可当的进攻;攻防转换,行云流水,潮涨潮落,传切配合,团队精神;个人想象,天才发挥,力量的艺术,智慧的艺术,奔跑着的诗情,滚动着的哲思,生命的狂舞,展示着生命的种种可能,充满着变数、悬念,奏响着命运的交响。小小的足球场,演绎着人生的许多故事。不是吗? 这就是我看足球赛的理由,也是我看足球赛的期盼。

本届世界杯,四强已经产生,巴西、德国、韩国、土耳其。原来以为,美国会战胜德国,塞内加尔会淘汰土耳其,那将是一届没有欧洲队的四强。美国队的勃勃生气,塞内加尔队的精湛从容,依然叫我难忘。塞内加尔队四号迪乌夫天真的笑依然灿烂在我的心头。韩国队入围四强,乃世界杯开赛以来的七十二年十七届,亚洲队破天荒的第一回,不管怎么说,毕竟是我们亚洲的骄傲。

中国队首次出现在世界杯赛场,还是要感谢米卢。

表现正常,比如说,分别输给巴西、土耳其、哥斯达黎加四、三、二个球,这就将小组赛对手强弱的层次区别开来了。至于首轮出局,连法兰西、阿根廷、葡萄牙都首轮出局了,咱们也不算丢人。我唯一不满意中国队的只有一条,就是与巴西队赛后要求与人家交换球衣,人家待搭不理的,自找没趣,输了也就输了,当什么追星族啊?

本届世界杯,冠军谁属,四强座次如何排定,尚在难料之中。足球是圆的,什么事情都可能发生。我只期待看到最具足球精神的精彩比赛。

2002 年

"小说家的散文"丛书

《我画苹果树》　　　　铁　凝　著

《雨霖霖》　　　　　　何士光　著

《高寿的乡村》　　　　阎连科　著

《看遍人生风景》　　　周大新　著

《大姐的婚事》　　　　刘庆邦　著

《我以虚妄为业》　　　鲁　敏　著

《在家者说》　　　　　史铁生　著

《枕黄记》　　　　　　林　白　著

《走神》　　　　　　　乔　叶　著

《别用假嗓子说话》　　徐则臣　著

《为语言招魂》　　　　韩少功　著

《梦与醉》　　　　　　梁晓声　著

《艺术的密码》　　　　残　雪　著

《重来》　　　　　　　刘醒龙　著

《游踪记》　　　　　　邱华栋　著

《李白自天而降》　　　张　炜　著

《推开众妙之门》　　　　张　宇　著

《佛像前的沉吟》　　　　二月河　著

《宽阔的台阶》　　　　　刘心武　著

《永远的阿赫玛托娃》　　叶兆言　著

《鸟与梦飞行》　　　　　墨　白　著

《和云的亲密接触》　　　南　丁　著

《我的后悔录》　　　　　陈希我　著

《打败时间的不只是苹果》须一瓜　著

《山上的鱼》　　　　　　王祥夫　著

《书之书》　　　　　　　张抗抗　著

《我觉得自己更像个

　　　卑劣的小人》　　　韩石山　著

《未选择的路》　　　　　宁　肯　著

《颜值这回事》　　　　　裘山山　著

《纯真的担忧》　　　　　骆以军　著

《初夏手记》　　　　　　吕　新　著

《他就在那儿》　　　　　孙惠芬　著

《总有人会让你想起》　　肖复兴　著

《我们内心的尴尬》　　　东　西　著

《物质女人》　　　　　　邵　丽　著

《愿白鹿长驻此原》　　　陈忠实　著

《旅馆里发生了什么》　　　王安忆　著

《拜访狼巢》　　　　　　　方　方　著

《出入山河》　　　　　　　李　锐　著

《青梅》　　　　　　　　　蒋　韵　著

《写给北中原的情书》　　　李佩甫　著

《星斗其文，赤子其人》　　汪曾祺　著

《熟悉的陌生人》　　　　　李　洱　著

《一唱三叹》　　　　　　　葛水平　著

《泡沫集》　　　　　　　　张　欣　著

《写给母亲》　　　　　　　贾平凹　著

《无论那是盛宴还是残局》　弋　舟　著

《已过万重山》　　　　　　周瑄璞　著

《众生》　　　　　　　　　金仁顺　著

《如果爱，如果不爱》　　　阿　袁　著

《故事与事故》　　　　　　蒋子龙　著

《回头我就变了一根浮木》　潘国灵　著

《三生有幸》　　　　　　　北　乔　著

（以出版时间先后排序）

**图书在版编目（CIP）数据**

和云的亲密接触／南丁著. --郑州:河南文艺出版社,2022.5
（"小说家的散文"豫籍作家系列）
ISBN 978-7-5559-1324-5

Ⅰ.①和… Ⅱ.①南… Ⅲ.①散文集-中国-当代 Ⅳ.①I267

中国版本图书馆 CIP 数据核字（2022）第 034098 号

| | | |
|---|---|---|
| 选题策划 | 陈　静 | |
| 责任编辑 | 陈　静 | |
| 书籍设计 | 刘婉君 | |
| 责任校对 | 赵红宙 | |

出版发行　河南文艺出版社
本社地址　郑州市郑东新区祥盛街 27 号 C 座 5 楼
承印单位　河南瑞之光印刷股份有限公司
经销单位　新华书店
开　　本　700 毫米×1000 毫米　1/32
总 印 张　60.375
总 字 数　888 千字
版　　次　2022 年 5 月第 1 版
印　　次　2022 年 5 月第 1 次印刷
定　　价　258.00 元（全 9 册）